2013년 저항시 80인 선집
우리 시대의 민중비나리

2013년 저항시 80인 선집
우리 시대의 민중비나리

초판 1쇄 발행 • 2013년 11월 29일

지은이 • 백무산 외 79인
책임 엮음 • 송경동 이도흠
펴낸이 • 황규관
편집장 • 김영숙
편집부 • 노윤영 윤선미
총무부 • 김은경
표지사진 • 정택용
디자인 • 공장

펴낸곳 • 도서출판 삶창
출판등록 • 2010년 11월 30일 제2010-000168호
주소 • 121-838 서울시 마포구 서교동 355-22 우암빌딩 4층
전화 • 02-848-3097 팩스 • 02-848-3094
홈페이지 • www.samchang.or.kr

ⓒ 백무산 외 79인, 2013
ISBN 978-89-6655-034-0 03810

이 도서의 국립중앙도서관 출판시도서목록(CIP)은 서지정보유통지원시스템 홈페이지(http://seoji.go.kr)와
국가자료공동목록시스템(http://www.nl.go.kr/kolisnet)에서 이용하실 수 있습니다.
CIP제어번호: CIP2013024952

2013년 저항시 80인 선집
우리 시대의 민중비나리

삶창

여는 글

어두운 죽음의 시대가 다시 도래했다. 신자유주의는 자본의 야만을 규제하던 모든 제도와 법들을 풀어버렸다. 국가-자본의 연합체는 노동자 민중의 합법적인 저항조차 폭력으로 응징하고 있다. 모든 노동자 민중이 생존 위기에 놓이고, 희망의 빛과 연대의 끈조차 잃어버린 노동자들은 죽음으로 마지막 절규를 하고 있다.

이런 시대에 서정시를 쓴다는 것은, 낭만을 노래한다는 것은 무슨 의미일까. 세계의 모순과 부조리에 저항하지 않는 자는 프로메테우스의 후손이 아니다. 죽어가는 자들의 아픔에 공감하지 못하는 자는 시인이 아니다. 다행히 여기 타인을 바라보기만 해도 심장이 터질 듯 박동하고, 약자들이 아프다는 소문만 들어도 쨍하고 유리알처럼 깨지는 가슴을 가진 이들이 모였다. 혁명이 늪에 빠지면 예술이 나서자는 각오로 대열을 형성한 이들이다.

용산에서, 부산에서, 울산에서, 강정에서, 밀양에서, 평택에서, 대한문에서, 그리고 진실이 지켜져야 하는 그 모든 삶의 전선에서 함께 공감하고, 분노하고, 상상해 온 모든 말들이 토해져 나왔다. 이런 분노가, 이런 희망이, 이런 절규가, 이런 풍자가, 이런 조롱이 모이는 데 한 달도 채 걸리지 않았다. 이 또한 모든 역사와 민주주의의 시계를 함부로 뒤로 돌리려는 박근혜 정부의 놀라운 능력일 것이다.

물론 우리는 더디고 더딘 신자유주의 왕조사의 또 한 단락에만 반응하는 것은 아니다. 우리는 그 운명이 극에 달한 자본주의의 패악을 넘어서는 다른 세상을 진정으로 꿈꾼다. 그런 강인한 말들을, 자유로운 말들을, 해방된 말들을 꿈꾼다. 그것만이 현 시대를 살아가는 모든 생명 있는 것들의 간절한 소망이며 책임임을 잊지 않는다. 불가능한 것은 없다. 다만 가지 않았던 길이 있을 뿐이다. 이 시선집이 그런 시대를 여는 새로운 출발로, 몸부림으로, 서늘한 저항의 시선으로 기억되기를 소망해본다.

이 시집은 여든이 넘어서도 진정한 시인의 마음을 잃지 않고, 끝까지 죽기 아니면 살기로 노동자 민중이 싸우는 현장에서 절규하다 가겠다는 선배 시인, 백기완 선생의 제안으로 이루어졌다. 모두가 어둡다 할 때 길 일러주신 선생과 함께 나서서 그 길 넓혀주고, 하나하나의 아름다운 등불이 되어 서준 동료 시인들께 감사드린다.

이 시선집이 지금 고통받는 이들에게, 싸우고 있는 이들에게 넉넉한 연대의 힘으로 다가갔으면 좋겠다. 이 시선집이 지금 다른 꿈을 꾸고 있는 이들에게 다정한 벗의 어깨로 다가갔으면 좋겠다. 어떤 야만도 우리의 소리를 이기지 못할 것이다.

2013년 겨울 초입에서

책임 엮음 | 송경동·이도흠

3부

4부

5부

1부

희망버스

곽효환

다시 여름,
내내 비가 쏟아졌고
저녁을 훨씬 넘은 시간에도 흐렸지만 날은 기울지 않았다
보름 가까이 비가 계속되자
이제 장마라는 말 대신 우기라는 말을 써야 한다는
출근 시간 라디오 인터뷰 기상청 고위 예보관의 말꼬리는
단언할 수는 없지만, 이란 대목에서 무디게 흘러갔다

비에 젖은 그 여름
삼수 끝에 동계 올림픽을 유치해내고 말았다는 그 밤의 환호도
예술의전당을 에워싼 우면산이 무너져 내린 탄식도
흙더미에 갇힌 마을과 아파트 이름을 끝내 밝히지 않은 뉴스도
그렇게 빗속에 젖어가고
사람들은 하나둘 희망이라는 이름을 붙인

부산 영도행 버스에 몸을 실었다
촛불을 밝혀 하얗게 밤을 나던
장엄했으나 지리했던 그 여름을
추억하는 이들과 두려워하는 이들은 저마다
다시 무수한 말들을 쏟아냈다
다시 광화문에서 나는 여전히 망설였다
다시 여름이 두려웠고 가슴이 울렁였다

영도다리를 건너며
구슬픈 유행가 한 구절을 읊조렸고, 나는
이내 기적을 떠올렸다
경영난에 빠진 위기의 회사를 살리기 위해
필리핀으로 조선소를 옮겨 짓지 않으면 안 된 고뇌와 결단과 예지를,
400명의 노동자를 정리해고하면서도 170억 원을 배당한 마법을,
3년간 한 척도 수주하지 못한 회사가
분쟁 타결 사흘 만에 여섯 척이나 수주하는 이 놀라운 기적을,
누가 죽었는지 모른다고 그래서 상가에 가 보지 못했다던
죽은 척했던 사람이 다시 살아나는 놀라움을,
이 할렐루야를
이 아미타불을
이 자본주의의 이적을
나는 왜 믿지 못하는가
굵은 빗줄기를 그으며 버스에 몸을 싣고
멀리서부터 멀리서부터 모여드는 사람들을,

수십 년 이래 가장 혹독한 겨울이 엄습한 신년 벽두부터
수십 년 이래 가장 오랫동안 비에 젖은 그 여름이 기울도록
지상 50미터 타워크레인 운전실에서 끝내 내려오지 못하는
이 불가해한 미스터리를
크레인에 파란 싹이 돋기 시작하더니, 점차 무성해지더니 안전 계단의
손잡이들이, 붐대의 철근들이 구불구불 나무줄기로 변하더니, 아, 몇천
년은 자랐을 법한 거대한 나무가 되는, 시원한 나무 그늘이 생기더니, 운
전실이 어여쁜 원두막으로 변하는* 꿈을 꾸는 그네의 불가사의한 판타
지를
왜 나는 슬퍼하는가

희망을 실은 네 번의 버스와 함께
여름은 기울고
여기저기 수런거리는 말들이 지나가고
그네는 끝내 내려오지 않고
희망은 길을 잃고
절망을 희망으로 바꾸고 싶은 사람들만 남은
젖은 여름 뒤에 어슬렁거리는 늦더위
출근 시간 라디오 인터뷰에서
이제 계절을 구분 짓기보다는
예측하기 어려운 기상을 걱정해야 한다는
기상청 예보관의 말소리가 뿌옇게 흩어졌다

* 「프레시안」 2011년 7월 28일자, 김진숙의 기고문 「여럿이 함께 꾸는 꿈… 의연하게 끝까지 함께」에서 발췌.

구럼비여 일어서라

- 구럼비가 파괴되고 있다 살점 도려내듯 내 몸에 피가 흐른다
  그가 아프니 내가 아프고 그의 비명을 내가 지른다

김경훈

구럼비여 일어서라

깨어지고 부서지더라도 다시 일어서라

온몸 묶이고 가두어졌어도 몸을 떨쳐 일어서라

눈물과 한숨 거두고 분노의 결기로 힘차게 일어서라

저 펜스보다 한 열배쯤의 높이로

감히 저들이 쳐들어오지 못하도록

감히 저들이 올려다보지도 못하도록

두려움에 벌벌 떨게 구럼비여 일어서라

구럼비여 일어서라

거대한 거대한 몸집으로 일어서서

수많은 바람과 파도도 함께 거느려서

땅과 바위와 바다와·하늘의 수많은

뭇 생명들을 함께 거느려서

저들의 천박한 욕망을 향해
저들의 추잡한 불통을 향해
저들의 비열한 야만을 향해
저들의 더러운 전쟁을 향해

깨어지고 부서진 그 조각들이 화살이 되어
돌팔매가 되어 치명적인 무기가 되어
감히 저들이 도발하지 못하도록
감히 저들이 일어서지도 못하도록

그대를 깨고 부순 자들과
그대를 묶고 가둔 자들과
그걸 뒤에서 사주한 자들과
그 사주를 즐기는 또 다른 사주자들을 향해서

구럼비여 일어서라
그리하여 그대가 품은 독기를 발산하라
그대의 저주를 있는 대로 다 방포하라
온 세계를 향하여 자존의 평화를 절규하라

이형상 목사 시절 당 오백 절 오백 불태웠어도
이재수 항쟁 시절 민군들 도륙되었어도

세화리 해녀항쟁 폭압으로 짓눌렸어도
무자기축년 4·3시절 온 섬 떼죽음 되었어도

그러나 그리하여 다시 일어섰듯이
그렇게 구럼비여 일어서라
깨어지고 부서지더라도 그리하여
다시 일어서라

구럼비여 일어서라
그리하여 다시 뭇 생명들을 고이 안으라
맨발 아이들의 천진한 웃음을 받으라
평화의 다정한 발걸음을 축복하라

구럼비여 일어서라!
제주도민이여 일어서라!
정의여 분노여 일어서라!
만국의 양심이여 일어서라!

우리는 인간인가, 여기는 인간의 마을인가
- 용산참사 4주기에 부쳐

김선우

2009년 1월 20일 아침 6시
서울 도심 용산 4철거구역 남일당 건물
살아 보려고 망루에 올라간 사람들이
산 채로 철거당했다.
소각로에 집어던져진 폐품처럼
소각당했다.
학살당했다.
어떻게 그런 일이 일어날 수가 있었나.
설마, 망루로 올라간 철거민들이, 사람이 아니라고 생각했는가.
그렇지 않고서야 어떻게 그런 무서운 진압이 가능했을까.
그날 이후 악몽이 계속되었다.
밥 먹던 숟가락을 놓고 창문을 내다볼 때
불에 탄 사람들이 떨어져 내렸다.
생존을 위해 몸부림치던 사람들이

진실이 은폐된 장막 너머에서
누군가에 의해 자꾸만 죽임당했다.
그 누군가는 도대체 누구인가.

자본이 고용한 공권력에 의해
죽임당한 평범한 우리의 이웃들을
권력의 지휘봉은 '도심 테러리스트'로 몰아갔다.
어디서부터 잘못된 것일까.
인간에 대한 단 한 뼘의 예의라도 존재한다면
도대체 어떻게 그런 일이 가능한가.
불 타 버린 식구의 그을린 주검을 끌어안고
살아남은 식구들이 피눈물 흘리며 울부짖을 때
입 가진 자들이여, 이 죽음에 대해 설명해 보라.
죽은 자는 있는데 죽인 자는 없다!
학살이 있었는데 학살을 지휘한 책임자는 없다!
하지 마, 하지 마, 우리를 내몰지 마, 여기 사람이 있다!
연옥의 문을 열어젖힌 채 불길하게 치솟던 그날의 검은 연기,
그곳에 사람이 있었다.
망루에, 사람들이, 있었다.
그런데 도대체 어떻게 그럴 수가 있었나

이 땅의 민주주의는 철거되기 시작했다.
가난한 서민들의 생존권은 철거되기 시작했다.
냉혹하고 발 빠르게

우리들의 인권은 철거되어 냉동고에 방치되기 시작했다.
도시는 싸늘한 마천루에 둘러싸여 돈을 세고
가진 것 없는 약자들은 끊임없이 망루로 절벽으로 내몰렸다
살기 위해 망루에 오를 수밖에 없었던 사람들을
산 채로 불 태워 죽인 자들 중
아무도 감옥에 가지 않았다.
도대체 어떻게 이런 일이 일어나는가.
심판받아야 할 자들이 아무도 감옥에 가지 않는데,
불에 그을린 다섯 구의 시신을 안고 통곡하던 피해자들이
졸지에 죄인이 되어 감옥에 갇히는
이 해괴한 지옥도에 대해 권력자들이여, 말해보라.

악몽과 피눈물의 낮밤들,
잠들 수 없었던 4년이 흐르는 동안
아무 것도 해결된 것이 없는
여기는 인간의 마을인가. 우리는 인간인가.
2009년 1월 20일 아침 6시
서울 도심 용산 4철거구역 남일당 건물
그곳에서 죽어간 사람들을 대신하여 우리는 말해야 한다.
불에 타 오그라든 가여운 이웃들의 입술로 우리는 말해야 한다.
이봐요 여기 사람이 있어요!
이봐요 여기 사람이 있습니다!
이봐요 여기 사람이 있다구요!
용산, 우리들의 십자가

용산, 고통 속에 잉태된 거룩한 슬픔의 성소
용산, 딛고 일어서야 할 절망과 포기할 수 없는 희망의 밑바닥
우리는 인간인가. 그렇다면
인간의 마을을 포기하지 않는 참된 용기를 주소서.

꽃

김수열

꽃이 부러졌다
7미터 테트라포드에 부딪혀
꽃의 어깨가 부러지고
툭!
툭!
툭!
바닥으로 떨어지면서
꽃의 허리가 망가졌다

꽃이 숨을 끊었다
삼년 전 용산에서
오랜 단식으로 의식을 잃어
순간 멈춰버린 꽃의 심장이
강정마을 폭력의 펜스 앞에서

다시 숨을 끊었다

그러나, 보라
꽃들은 온다
어깨 부러지고 숨통이 끊어져도
꽃들은 온다
으깨어지고 짓이겨져도
화르륵 화르륵 화르륵 화르륵
한 송이 열 송이 되고
백 송이 천 송이 되어
수레멜망악심꽃 너머 환생꽃 번성꽃 웃음웃을꽃
꽃들이 온다

구럼비에 아로새겨질 일파만파 꽃들
굽이치며 되갈라치며
꽃들이 온다

2013 통신(通信)

김은경

태양은 과녁처럼 위태롭고 광장은 분화구
부산에서 평택에서 천안에서 이름 없는 아빠들이
동일한 사인으로 죽어나갔다
능소화가 꺾이듯 살아 있는 많은 것들이 순간 돌담에서 뚝,
낙하했다
앞엔 바다도 없는데 절벽도 아닌데
비둘기와 매연과 매음굴뿐인데

비가 내렸고 겨울만큼 봄이 추웠고 이웃 아이가 태어나고

대한문 폴리스라인 뒤 수상한 꽃밭이 들어서고
바람이 불어도 거리에 촛불은 꺼지지 않고
곡을 하는 바람, 바람을 따라가는 장례 행렬 틈에서
수미조처럼 제법 아름답게 나도 울고 싶었다

누가 죽어서만 우는 것은 아니다 사람들은
하루아침에 떼인 곗돈 때문이 아니고 시험에 미끄러져서가 아니고
멀쩡한 얼굴로 있다가도 누구나 우레같이 운다
새끼 잃은 어미 낙타는 자식이 묻힌 땅을 지날 때마다
북소리처럼 큰 울음을 운다는데, 매일이 비정규인 사람들은
그러면 누구나 다 가슴이 무덤인 낙타인 건지

털이 많은 귀를 바닥에 대고 어떤 화답을 기다리고 있는지
안테나처럼 기다란 눈꺼풀을 파르르 떨며
철탑보다 높은 지상을 향해, 캄캄한 지하를 향해
얼마나 간절한 신호를 보내고 있는지

촛불을 들고 삭발을 하고 곡기를 끊어도
꿈적하지 않는 세계
미동하지 않는 눈[眼]들

영원한 타자인 나여
지금 너는 어떤 떨림에 속죄하며
밀양을 비껴가는가 거리를 비껴가는가 죽음을 비껴가는가

모멸도 없이
모멸을 견디는가

밀양 아리랑

김해자

아―요 바깥도 없이 깜깜한 지하셋방서 아덜 키우니라 참말로 욕봤다 돈 쪼매 준다 캐도 흙 마당 있는 식당서 일하고 싶다꼬 와 안 그렇컷노 날 좀 보소 평생 흙에 엎데어 지문도 없는 이 호박데기 같은 손 좀 보소 내는 마 내 목심 팍 집어넣을 구디 팠다 아이가 쇠사슬 칭칭 감고 밧줄 꽁꽁 짜매고 마 깜깜한 흙구디 호박씨가 돼 삐리기로 작정한 기라 아리 아리랑 쓰리 쓰리랑 아난리가 났네

아―요 애비 없이 자란 아덜 쇠 깎는 공장 보냈다꼬 미안하다꼬 아이요 대학 못 보낸다꼬 기죽지 말래이 높은 것들은 다 서울로 간다꼬 마 전기도 센 놈은 다 서울로 보낸다 카이 한평생 흙바닥에 달라붙어 산 무식한 할매 할배 가마띠에 둘둘 말아가 패대기친 경찰도 오늘 내일 죽을 할망구 조서 끼민다꼬 인상 쓰샀는 놈덜도 다 높은 디서 왔다 카드라 봐라! 저기 칠백육십오 캐이바이라 카나 뭐시라카노 아리 아리랑 쓰리 쓰리랑 아난리가 났네

억수로 높대이 저마 지 혼자 툭 불거져서 머 우짤끼라고 목심 같은 흙
다 뭉개고 사람 다 주째삐고 와 자꼬 올라가 쌌노 한평생 일군 땅 가슴
다 찢어놓고 조래 빳빳이 고개 쳐들고 나라님 같은 고압 자세로 송전탑
이라카나 뭐시라카노 내가 나라한티 밥을 주라쿠나 돈을 주라쿠나 이래
농사짓고 살겠다는데 언제까지 없는 넘덜만 개 잡드끼 잡들라카노 아리
아리랑 쓰리 쓰리랑 아난리가 났네

아-요 아끼 쓰고 쪼매만 고쳐 쓰면 안 되것나 핵발전소고 나발이고 고
마 살던 대로 살모 안 되것나 벌도 꽃 몬 찾고 소돼지도 새끼 몬 낳는다
카이 날 좀 보소 날 좀 보소 네 발로 기어 올라가는 날 좀 보소 전기톱이
반치나 기들어온 나무를 꽉 보듬고 있은께 밑둥은 자르도 못해따 아이가
우리보다 더 오래 산 목심인데 저것들 다 베 버리고 나믄 느그는 어데 기
대 살끼고 아리 아리랑 쓰리 쓰리랑 아난리가 났네

날 좀 보소 날 좀 보소 호박 꼭지 확 돌아삔 날 좀 보소 새끼 매어단 탯
줄 같은 호박 꼭지 다 비틀어버리고 나믄 느그는 누구 젖 빨고 어데 엎드
려 살끼고 날 좀 보소 날 좀 보소 날 좀 보소 동지섣달 꽃 본 듯이 날 좀
보소 동지섣달 꽃 핀 듯이 날 좀 보소

---

*세계 최대의 송전탑이란다. 무려 94미터, 아파트 30층 높이도 넘는단다. 무려 69개란다. 76만 5천 볼트를
수송한단다. 765Kv, 엄청 세단다. 바로 옆에서 후쿠시마 원전 사고가 나도 원자력 부품에 문제가 있어도 계
획대로 나무는 베어지고 땅에 구멍은 뚫리고 레미콘은 시멘트를 들이붓는다. 우리가 까딱없이 사는 동안 평
생 흙에 엎드려 생명을 키워 온 허리가 휘인 할배와 할매들이 지팡이를 짚고 네 발로 산을 오르내리며 웃통
을 벗어던지고 흙구덩이에 처박히며 욕설을 들으며 두드려 맞으며 한뎃잠 자고 있다. 그들이 흙이다 그들이
탯줄이다. 안구 건조증으로 오래 말라 있던 눈물이 흘렀다. 눈물샘이 마른 건 눈병이 아니라 이 시대 우리가
앓는 심장병일지도 모른다.

아홉 번째 파도

나희덕

오늘 또 한 사람의 죽음이 여기 닿았다
바다 저편에서 밀려온 유리병 편지

2012년 12월 31일
유리병 편지는 계속되는 波高를 이렇게 전한다

42피트 ………… 쌍용자동차
75피트 ………… 현대자동차
462피트 ………… 영남대의료원
593피트 ………… 유성
1,545피트 ………… YTN
1,837피트 ………… 재능교육
2,161피트 ………… 콜트―콜텍
2,870피트 ………… 코오롱유화

부서진 돛대 끝에 매달려 보낸
수많은 낮과 밤, 그리고 계절에 대하여
망루에서, 광장에서, 천막에서, 송전탑에서, 나부끼는 손에 대하여
떠난 자는 다시 공장으로, 공장으로,
남은 자는 다시 광장으로, 광장으로, 떠밀려 가는 등에 대하여
밀려나고 밀려나 더 물러설 곳 없는 발에 대하여
15만 4,000볼트의 전기가 흐르는 電線 또는 戰線에 대하여
어디에도 보이지 않는 불빛에 대하여
사나운 짐승의 아가리처럼
끝없이 다른 파도를 물고 오는 파도에 대하여
결국 산 자와 죽은 자로 두동강 내는
아홉 번째 파도에 대하여

파도가 휩쓸고 간 자리에 남겨진
젖은 종이들, 부서진 문장들

그들의 표류 앞에 나의 유랑은 덧없고
그들의 환멸 앞에 나의 환영은 부끄럽기만 한 것

더 이상 번개를 통과시킬 수 없는
낡은 피뢰침 하나가 해변에 우두커니 서 있다

울음 한 줄

문동만

그늘께로 세워둔 차를 햇볕께로 옮기는 일이
겨울을 나는 일이며
나는 짧게 볕바라기를 하다간
웃음 한 줄을 운구 중이예요,

먹고사는 일에 전부를 바치지 않고
계란 한 줄만 없는 삶처럼
가벼운 결핍일 순 없겠나, 싶지만
얇은 껍질 위에 버팅기는 발바닥
실핏줄의 내간체를 옮기는 일,

마침내 어떠한 친절에도 성에 차지 않는
내성을 가진 비웃음이 나타날 때가 왔군요
마지막 남은 미소를 헐어갈 때가 왔군요

웃음이 소진하면 울음이, 당신을 얼린 얼음이 되는 건가요

당신은 어떠한 경우에도 친절하였으며
아무 때나 당신의 웃음은 호령당하고 검수되었으며
가까스로 숨죽여 할 수 있는 말이라곤

당신이라면 아무 때나 웃을 수, 있겠소…… 였겠지만

골수와 웃음까지 포획한 친절 주식회사의
주주들은 웃음 한 줄이 금란 한 줄이 되는 일을 잘 알았더군요

정녕 윗입술은 아랫입술에게 입 맞추지 못했군요
당신은 당신에게만 친절하지 못해야 했군요
그러므로 당신은 당신의 웃음을 진정으로 좋아하지 않았군요

당신은 생활의 난간에서 떨어진
떨어진 잉여의 최 기사가 되고
오, 나는 든든한 점심을 먹고 햇볕을 찾아 자리를 옮기는
문 기사가 되고
당신은 웃음의 잔해로 이룬 울음의 제국을 떠났군요

법외노조 전교조

박두규

감나무 잔가지에 꼼짝없이 갇힌 달

잔가지들은 달을 가두어

우리를 달빛 그늘의 감옥에 처넣었다 하지만

그건 너희들의 어리석음일 뿐이다.

달은 그늘을 아랑곳하지 않고

다만 달의 바른 행로를 가고 있을 뿐이다.

이 그늘은 우리가 몇 걸음만 움직이면

바로 벗어나는 그늘일 뿐이다.

달빛 받아 빛나는 세상의 지붕들도, 눈부신 들판도

몇 걸음만 움직이면 만날 수 있는

다 우리의 세상일 뿐이다.

대한문 앞에서

손택수

쌍용차 희생자 스물네 분의 분향소가 있는 덕수궁 대한문 앞
식목일 새벽에 중구청이 분향소를 철거하더니
그 자리에 화단을 만들었다
사연도 모르고 마냥 해사하게 피어난 꽃들이라니
하긴, 방학 동안 철거용역 알바를 하고
학비를 마련하는 대학생들도 있다고 한다
졸업을 해도 취직은 되질 않고
대출 받은 학자금 이자 갚느라 결혼도 미루면서
신용불량자로 전락한 학생을 나도 안다
그래도 그렇지 한참 푸르를 나이에 철거용역이 뭔가
제 가난한 어미 같은 이의 집을 부수며 살아야 할 이유라는 게 뭔가
외면하다가도, 벗어날 수 없는 처지와 그 발버둥을 헤아리면
나는 함부로 돌멩일 던질 수가 없는데
아무래도 꽃의 죄까지 엄히 따져야 할 시대가 닥친 모양이다

오죽했으면, 치욕의 연대를 이해해야 할 시대가 와버린 모양이다

화단으로 들어가면 즉석에서 현장범으로 체포한다는 대한

펜스를 치고 철야경비까지 서는 문 앞에서

눈물을 찾아 우시네

송기역

강을 찾아 떠나셨네
한강에도 금강에도
낙동에도 영산에도
강은 없었네
제방 아래 고수부지 곁
강으로 가는 길목을 막아선
가물막이 오탁방지막 명품 보 공원 야구장 선상 카지노

강은 포클레인이 삼켜버렸네
벌린 입 속 치솟은 이빨 사이
허리 부러진 단양쑥부쟁이
꼬리 잘리고 눈깔 빠진 꾸구리가 있네
재두루미 발자국이 있네
강의 철거민들이 무한궤도 아래 깔려 있네

강이 소신공양하네
뼛속까지 신나를 들이마시고
상류에서 하구 실개천 지천까지
활활 입술이 타고 활활 모래섬를 밀어내고 활활 귀 코가 녹아내리고
활활 여울이 생매장되고 활활 살가죽이 뒤집히고 활활

포클레인 속에
예수가 부처가 우주가 갇혀 계시네
강을 찾고 있네
눈물을 찾아 우시네
우시다 돌아앉으셨네

먼 훗날 찾아올 내 마음
어느 여울 자갈 아래 잠들어 있는

눈물은 세상에서 가장 작은 강
그 강을 찾지 못하셨네

오늘 구럼비 바위가 폭파되어 버린 날

신현수

오늘 구럼비 바위가 폭파되어 버린 날
오늘 구럼비 바위가 모두 폭파되어 버린 날
눈물도 없이 난
하루 종일 구형 신형 책걸상 통계 내느라
하루를 보냈어요
이 미친 시대에 나는
선생이랍시고
학교 안에서
아이들과 있었어요
오늘 구럼비 바위가 모두 폭파되어 버린 날
선생이랍시고
학교 안에서
선생이랍시고
학교 안에서

스물세 번째 인간

심보선

2009년 4월 8일, 첫 번째 자살,

두 번째 뇌출혈 사망, 세 번째 심근 경색 사망,

네 번째 자살, 다섯 번째 자살, 다시 자살, 또 자살, 또 다시 자살,

심근경색 사망, 심근경색 사망, 자살, 자살……

2012년 3월 30일, 임대아파트 23층에서 투신자살,

꽃망울 맺히던 어느 봄날,

스물두 번째 죽음이었습니다.

스물두 번째 인간이여,

첫 번째 인간의 동지여,

두 번째 인간의 동생이여,

세 번째 인간의 친구여,

미안하오! 용서해다오!

제발 떠나지마! 당신 없이 어떻게 살아요!

하소연하고 애원했지만 스물 두 번째 인간은
첫 번째 인간이 그랬던 것처럼
이 잿빛 삶을 떠나 저 검은색의 죽음 속으로 영원히 사라져갔습니다.

어찌된 일입니까? 도대체 어찌된 일인지 누가 말해 줄 수 있나요?
스물두 명의 인간이 절망을 견디다 못해 죽었어요.
아니, 잘 모르겠어요. 좀 더 자세히 말해 주세요.
스물두 명의 인간이 삶과 죽음의 기로에서
살고 싶어, 너무나 살고 싶은데 말이야,
하지만 삶은 왜 이리 잿빛인지,
이건 삶이 아니야, 나는 이미 죽었는지도 몰라,
그래, 이미 죽은 거야, 흐느끼며, 중얼거리며,
눈을 질끈 감고, 감았다 뜨고, 다시 눈을 감고, 다시는 뜨지 않고
영원한 검은색의 죽음 속으로 돌이킬 수 없는 한 발을 내디뎠어요.
아니, 아니, 아직도 잘 모르겠어요.
그 누가 스물두 번째 죽음의 온전한 의미를 말해 줄 수 있나요?

2009년 4월부터 2012년 5월까지
수많은 기념일, 휴일, 생일, 투표일, 하루하루
사람들이 자신의 선택을 자축하고,
안온한 일상을 수호하고,
행복의 방정식 안에서 맴돌며,
세계의 비참을 외면하고,
인간의 절규에 귀를 닫고 살고 있을 때,

스물두 명의 인간이 죽어갔습니다.
그들은 왜 죽어야만 했습니까?
누구든 말해주세요. 그들은 누구입니까?

내가 아는 사실 하나를 말해줄게요.
그들은 살아 있을 때 노동자였습니다.
노동자는 노예가 아니에요.
노동자는 우리가 소유한 근사한 기계들의 창조자랍니다.
기계의 구석구석을 유심히 살펴보세요.
그들의 지문은 여기저기 찍혀 있고
그들의 땀방울은 곳곳에 배 있고
그들의 숨결은 아직도 엔진 속에서 부릉거리고 있어요.
그들은 강철과 불을 다스리는 다정한 프로메테우스였어요.
그들은 또 너무나 선량한 인간들이었습니다.
밥은 반드시 나눠 먹는 것이라 여겼고
술잔은 언제나 건네는 것이라 여겼고
동료의 어깨에 자신의 어깨를 기대면
그 사이에서 노래와 춤이 분수처럼 솟구쳤지요.

그들에게 어떤 일이 일어났는지 말해줄게요.
어느 날 자본은 구조조정이라는 명분으로 그들을 해고했지요.
그들은 싸웠습니다.
동지와, 가족과, 친구들과 함께 살겠다고,
생존권을 지키겠다고 싸웠습니다.

그들은 너무나 소박한 것을 위해 싸웠지만
저들은 그들의 모든 것을 빼앗고 파괴했습니다.
그들의 몸을 짓밟고 영혼을 유린했습니다.
그들은 몸부림치며 외쳤습니다.
해고는 살인이다! 해고는 살인이란 말이다!
그들은 싸우고 또 싸우면서 몸과 영혼이 소진됐고
삶은 잿빛으로 황폐하게 물들었고
하나 둘씩 차례차례
검은색의 죽음 속으로 영원히 빨려 들어갔습니다.

우리는 무엇을 해야 할까요?
죽음을 멈추고 삶을 시작하기 위해
잿빛을 초록색으로 향하게 하고
검은색을 푸른색으로 되돌리기 위해 무엇을 해야 할까요?

우리는 누군가에게 물어봐야 합니다.
어젯밤의 황막한 어둠 속에서
오늘 새벽의 음습한 안개 속에서
아직은, 아직은 등장하지 않은
스물세 번째 인간에게 물어봐야 합니다.

스물세 번째 인간이여, 당신은 누구입니까?
당신은 여자인가요? 남자인가요?
당신은 결혼은 했나요? 아이는 있나요?

당신은 여전히 해고자인가요? 아직도 투쟁 중인가요?
당신은 혼자인가요? 아니면 혼자가 아닌가요?
당신은 또 다른 헌화와 조문을 기대하나요?
당신은 경찰과 용역과 싸우지 않으면 향불 하나 밝힐 수 없는
이 삭막한 거리의 장례식을 끝낼 수 있나요?
당신은 살 준비가 돼 있나요? 아니면 죽을 준비가 돼 있나요?

스물세 번째 인간이여,
우리는 당신이 등장하길 원하지 않습니다.
당신은 등장하자마자 사망자 명단에 이름을 올릴 테니까요.
스물세 번째 인간이여, 아닙니다.
우리는 당신이 등장하길 원합니다. 등장하자마자
권력과 자본의 눈앞에서 사망자 명단을 불태우길 원합니다.
당신은 스물두 번째 죽음 앞에서 호소합니다.
제발, 이제 누구도 죽지 마세요.
차라리 내가 죽겠습니다. 차라리
내가 스물세 번째 인간이 되겠습니다.

그때 누군가 당신의 손을 잡고 말합니다.
아닙니다, 동지, 아니에요, 형, 아니야, 친구,
제발, 제발, 당신은 살아야 합니다.
스물세 번째 인간은 당신이 아니라 나여야 합니다.
내가 스물세 번째 인간이 되겠습니다.
그렇게 스물세 번째 인간은 하나 둘씩 늘어납니다.

열 명에서 백 명으로
백 명에서 천 명으로
천 명에서 만 명으로 늘어납니다.

스물세 번째 인간이여, 당신이 누구인지 알겠습니다.
스물세 번째 인간이여, 우리가 무엇을 해야 하는지 알겠습니다.

스물세 번째 인간은 눈물을 흘리는 자입니다.
스물세 번째 인간은 분노하는 자입니다.
스물세 번째 인간은 권력의 폭력을 온몸으로 막는 자입니다.
스물세 번째 인간은 자본의 횡포에 온몸으로 맞서는 자입니다.
스물세 번째 인간은 스물 세 번째 죽음을 멈추는 자입니다.
노동자와의 연대입니다.
인간에 대한 사랑입니다.
불의를 향한 저항입니다.
해고를 멈춰라! 해고를 멈추란 말이다! 울부짖는 자입니다.
스물세 번째 인간은 오늘 밤 이후 최초의 인간입니다.
우리 모두입니다. 인류 전체입니다.

이제 우리는 연대와 평등의 이 밤을
세계의 무릎 위에 아기처럼 고이 눕히고
부드럽고 떨리는 목소리로 당신을 부릅니다.

스물세 번째 인간이여,

첫 번째 인간의 동지여,
두 번째 인간의 동생이여,
세 번째 인간의 친구여,
스물두 번째 인간의 부활이여,
죽음의 죽음이여,
삶의 삶이여,
이 죽음은 멈추지 않을 것입니다.
이 삶은 다시 시작할 수 없습니다.
당신이 아니라면,
당신이 아니라면.

제망동지가(祭亡同志歌)

이도흠

그 옛날 서라벌의 한 절,
월명사는 49재를 치르며
〈제망매가〉를 불렀고,
누이는 中有를 떠나 극락왕생하였다.

오늘 시청 앞 도로 쌍차 이 동지의 49재일,
못 보내지,
갈 수 없지.
원혼이 어찌 이승을 떠나겠는가.

잘못은 너희들이 저질러놓고는
담배조차 필 새 없이 일한 우리를 내몰았다.
제발 노동하게 해달라고 애원하는데
몽둥이로 때리고 방패로 찍고 총으로 쏘았다.

감옥에 가두고 수백억 원의 손배소를 물리고
과격 폭력분자로 몰아 다시 일할 길조차 막았다.

어린 자식의 서러운 눈동자가 눈에 밟혀
어케든 살아보려 버둥거렸는데,
온 세포에서 시나브로 빠져나가는 희망들,
체액을 홀딱 빨린 매미처럼,
스물하고도 두 사람,
그리 이승을 마감하였다.

담 건너 덕수궁엔 연인들의 가붓한 발걸음,
길 건너 빌딩 창가엔 사장님의 반지르르한 얼굴,
시청 너머 청와대엔 나으리의 흉포한 아가리,
하여 예가 바로 화탕지옥이고
동지들이 그 불 속에 있는데
어찌 나만 홀로 떠나겠는가.

몸이 더 변하기 전에 가야 할 길이 있다.
뼈와 살은 흙이 되기 전에 무기가 되거라.
피와 침은 물로 바뀌기 전에 구호를 토하거라.
온기는 불로 돌아가기 전에 연대를 이루거라.
기운은 바람보다 앞서서 대열을 형성하라.

모든 지옥의 하늘엔 금강석으로 빚은 무지개가 뜬다.

＊2012년 5월 10일 오후 2시에 청와대 앞에서 각계 대표와 원로들이 쌍용자동차 해고자 복직과 살인진압 사죄를 촉구하는 기자회견을 열고 대통령 면담을 요청하였으나, 경찰이 이를 제지하는 바람에 격렬한 몸싸움과 농성을 하였다. 오후 6시에서야 당시 민교협 의장이었던 필자와 민변의 권영국 노동위원장, 정진우 진보신당 비정규노동실장이 대표로 청와대의 노동비서관을 만날 수 있었다. 농성하는 현장에서 「제망동지가」를 지어서 그날 오후 7시에 노나메기, 민교협, 문화다양성 포럼 주최로 대한문 분향소 앞에서 열린 쌍차 분향소 시민상주단 문화제에서 낭송하였다.

송전탑 할머니 살려주세요

이응인

산속 움막에서
잠결에도 깜짝깜짝 놀라
식은땀에 젖는
밀양 송전탑 할머니들 살려주세요.

여기 사람 있다고
여기 산골에 짐승이 아닌
사람이 살고 있으니
76만 5천 볼트 고압 송전탑은 안 된다고
아무리 소리쳐도 대답이 없습니다.

돈 400만원 줄 테니
이제 그만 하라고
마을에 몇 억씩 보상이 나간다고

한전은
돈, 돈, 돈만 말합니다.

억울하고 원통한 울음
아무도 귀기울이지 않을 때
사람은 죽고 싶게 된다고 합니다.

걱정 마세요
마을과 농토를 피해서 갈게요.
시간이 걸리더라도
지중화 할게요.
이렇게 따뜻한 말로
눈물을 닦아 주세요.

힘없고 약한 시골 노인이라고
벼랑 끝으로 몰아가는
돈에 눈이 먼 자들
막아야 해요.

약한 자들을 짓밟고 서서
한 덩어리가 된 정치, 권력, 자본.
그런 정부 미련없이 버려야 해요.

귀 좀 기울여 주세요.

산짐승 소리가 아닙니다.
할머니들이 울부짖고 있습니다.

이제 괜찮다고
우리가 함께 하겠다고
손 좀 내밀어 주세요.
당신, 당신, 우리들은
돈이야 없지만
따스한 가슴은 있잖아요.

이게 제 눈물이에요.
밀양 송전탑 할머니들 살려 주세요.

윤삼월

정우영

산차가운 바람이 후벼파서인지
꽃눈은 기척도 없다.
이제나 저제나 풀릴까 기다리던 한동댁,
세상을 반 접고 보는 허리로
손주놈 유모차 밀고 집을 나선다.
싸락눈 때리거나 말거나
볼태기가 얼거나 말거나.
집에서 들판까지 장정 걸음 오분 거리를
한나절 내내 밀고 간 한동댁,
유모차에서 젖 뚝뚝 떨어진다.
한동양반 태워 버린 철탑 그늘 검지만,
유모차 젖줄을 따라
밭둑에 숨어 있던 연둣빛 봄새끼
삐죽삐죽 돋아 나온다.

논바닥 송전탑 뽑아 버릴

무수한 한동양반들 깨나고 있다

제주, 교란 예감

조정

강렬한 작품이군요
뛰어, 물에서 뭍으로!
뛰어, 물에서 뭍으로!
농구팀에 갓 들어온 소년들처럼 헉헉
이 거대한 고래들이 동시에 뭍을 그리워했단 말인가요?

당황스러운 일입니다
우리로서야 저들의 상호작용을 이해할 수 없어요

바다는 그 시간에 뭘 한 거예요
뭘 알겠어요 고래들이, 무슨 헛소리를 들려준 거죠?
이런 몹쓸 짓, 와우, 냉혈한 일렉트로닉

미안해요 조곡은 없어요

바다는 가벼워진 종아리를 들었다 내리고
수평선 훅훅 뛰어넘던 처녀 물결
머잖아 장대한 아메리카 군함을 느낄 수 있어요
점핑, 커밍 쑨

나는 죽은 고래 등에 올라 타 손을 흔들기로 해요
그대 남방셔츠 무늬는 썩은 야자수 잎사귀
알로하
군함이여 어서 와요
그대 윙크는 우리들 뇌에 송송 박힐 나사못이에요

새만금

최두석

몇 해 전에 군산 비응도에서 줄다리기를 하였다
줄의 한 쪽은 꽃게 수만 마리가
바닷물에 달을 굴리다 말고 나타나
집게발로 잡고 힘을 쓰고
다른 쪽은 포크레인이 줄을 감아 걸고 잡아당겼다
꽃게 편이 졌고 새만금 제방을 막게 되었다

몇 해 전에 부안 해창갯벌에서 줄다리기를 하였다
줄의 한 쪽은 낙지 수만 마리가
바닷물에 달을 굴리다 말고 나타나
뻘밭에 몸을 박고 힘을 쓰고
다른 쪽은 포크레인이 줄을 감아 걸고 잡아당겼다
낙지 편이 졌고 새만금 제방을 막게 되었다

새만금 제방 위로 난 미끈한 도로 위로
자전거를 타고 파도소리 가르며
씽씽 속도를 즐기는 이여
당신은 그때 어느 편을 들고 얼마나 힘을 썼나
아니면 그냥 구경꾼이거나 방관자였나.

2부

오랜 벗 안도현의 일이 있어

고운기

생각만 품어도 죄가 되는 시절이 있다
물어만 봐도 죄가 되는 시절이 있다

언젠가 겪은
선험(先驗) 같지 않은 이 불편한 선험

—후보자를 낙선시킬 목적이 있었다고 봐서 비방 부분은 유죄를 선고
한다

2013년 늦은 가을 어느 날 오후
라디오에서 안도현의 소식을 들으며
봄 벚꽃 하얗게 날리는 날보다
단풍 든 벚나무 잎이 더 붉게 보여 눈 시린 거리에서

나는 도현을 믿는다⋯⋯
되뇌었다
아니 나는 도현을 편애한다

배심원도 그랬다고
같은 동네 사람이라 봐준 것이라고
저들은 말했다
들어라,
편애는 공정(公正)의 반대말이 아니다
공정 이상의 공정이다

공정(公情)이다

법정을 나서는 방청객도 배심원도 변호사도 판사도
한밤의 찬 공기가 볼에 스쳤을 것이다
그때 알싸한 느낌이 똑같듯

누군들 나의 편애를 탓하지 말아다오

나는 더 많이 생각하겠고
나는 더 많이 물어보겠다.

보시다시피 아시다시피

김민정

어느 날
선생님이 가져다 줬다
그저 그런
잡지
두껍지도
표지에 아는 이름도
간혹 한둘뿐이던
그저 그런
잡지
화장실 갈 때
작심했다가
변기에 앉자마자
자위로도 쓸모없던
그저 그런

잡지
어느 날
아빠에게 들켜
버려진
그저 그런
잡지
실천은 빨강
빨강은 죄인
죄인은 나쁜 딸
나쁜 딸은 불효녀
불효녀는 악마
악마는 오, 주!
주, 주라고?
지겨워
지겨운
끝말잇기의
착실함
실천의 두려움은
실천하는 데
있고
실천의 두려움은
실천 안 하는 데
있다
실천

잘 해야
실개천이라고
아빠는
전교조 이
빨갱이 새끼
나와 이 개새끼야
총 들어 삽질이고
깨진
학교
창문
부러진
책상
다리
밤에
그 밤에
팔짱처럼
검푸른 수갑을
찬
선생님
물으라지만
뭘 물어야 하나
하다 나는
그의 팔꿈치를
깨물었고

안 무친
무말랭이처럼
씹혔으나
맛은 없고
모양대로 보자면
벌거숭이
가난
실수라 해도
간난
목이 메었다
울었다
목을 맨
사람도 있으니
눈물
아님
말고
아님
살고
용케 난
또,

「붉은 여왕」

김백겸

미국기업들이 버는 이익의 절반이 금융시장의 조작에서 나오네
국제자본시장에서 돌아다니는 돈은 전 세계 GDP의 4배
이 돈은 시장에서 수혈 피처럼 돌아다니며 인간의 심장을 압박하네
입생로랑으로 갈아입고
바피아노에서 식사를 하고
뱅앤올룹슨의 오디오를 청취하라고 광고하네
고액연봉자가 되어 21세기의 소비 자유를 업그레이드하라고 속삭이네
자동차의 키를 업그레드하고
주상복합의 펜트하우스의 키를 업그레이드하고
인물과 교양이 떨어지는 배우자를 업그레이드하면
백만장자들이 골프를 치는 사교클럽의 회원이 되는 꿈이 이루어진다
고 말하네

사백만 달러인 파텍필립 시계와

백만 파운드인 엔초페라리 스포츠카는 예술품의 지위를 획득했네
팔천만 불에 팔린 뭉크의 「절규」
일억 사천만 불에 팔린 자코메티의 「걸어가는 사람」에 곧 필적하겠네
사람들의 심장은 상품미학을 향한 동경과 질투와 경쟁으로 멍이 드네
돈이 필요한 메가시티의 시민들은 마라톤 인생을 죽어라고 질주하지만
「붉은 여왕」인 자본이 돌리는 무대는 언제나 회전목마
제자리를 달리는 「이상한 나라의 앨리스」처럼 메가시티의 시민들은
경주의 피로에 지치네

이 거품들이 언제 꺼질까
국가와 개인들이 부채를 내서 향유한 소비의 애드벌룬이 언제 터질까
그 때는 상품의 가치가 인간의 노동비율을 낮추고
그 때는 상품의 가치가 자본의 기여비율을 낮추고
그 때는 상품의 가치가 지식정보의 기여비율로 결정되는 때
누구나 검색 가능하고 제안 가능한 공동자산의 지식이 인터넷에서 기
하급수적으로 늘어갈 때
3D프린터로 자체 제작한 필수품들이 거대기업의 산업을 폐기할 때
세계의 데이터 집적이 매 이년마다 배증하니 언제인가 자본의 지배를
끝내겠네
앨리스가 「붉은 여왕」의 이상한 나라를 곧 탈출하겠네

타버린 불꽃의 흔적

김형수

뒷주머니에도 없었다
명함 갈피에도 끼어 있지 않았다

내 가슴 태우던
사랑인지 혁명인지 꿈이었는지

목말라라 아,
타버린 불꽃처럼 사라져 버린 것

매번 모이에 코끝을 맞추어 쪼고,
또 다른 모이에 코끝을 맞추는
닭처럼

하나의 일에 코끝을 맞추어 쪼르르 달리고,

곧바로 다른 일에 코끝을 맞추는
닭처럼

평생 그 짓만 반복하다 갈 것처럼

그러다 어느 날
탈탈— 털어도 나오지 않았다

집에 가면 있을까
혹시, 구겨진 라면 봉지에 버려졌을까

혹시, 내 몸 어딘가에 처박혀
지금도 나와 함께 숨 쉬는 중일까

그 많은 날들
다 탔다면 재라도 남아야 할
바람에 날렸다면 허공에라도 있어야 할

오, 오오

저항은 없다, 표만 찍고 꺼져

백무산

살면서 누구나 한번쯤 거꾸로 산 날들 왜 없었겠냐만
입이 있어도 말 못해 꿰매고 살다가
누가 이렇게 불쑥 물었다오 살면서 개같은 시절이 언제였냐고
말했지, 춥고 헐벗은 어린 시절도 아니고
청춘을 몽땅 쇳가루와 기름때와 욕설과
소금꽃에 절여져 보내던 시절도 아니고
최루탄 뒤집어쓰고 군홧발에 나날이 깨어지던 시절도 아니고
반세기 만인가 정권교체 환호하던 부푼 기대에
바람이 슬슬 빠지면서 그로부터 그 치욕적인 정권교체 되기까지
그 세월이었다오 그 민주주의 만세 시절이

그 우직한 얼굴에 정의감에 불타던 눈알들이
그렇게 빨리 교활해질 줄이야
그렇게 빨리 없는 사람 조롱하고 밟을 줄이야

그렇게 빨리 흙과 땀을 푸대접하고 비웃을 줄이야
그렇게 대로부터 골목 끝까지 빽줄을 세울 줄이야
　　↳Re : 소주나 처먹던 그 새끼들 몇 달 만에 양주 아니면 안 처먹드
라고

아직도 그 짓 하러 댕기냐고 아직 데모하러 댕기냐고
농민들은 거리로 나와 민주개혁을 방해하고 지랄하고
노동자는 파업이나 하고 민주정부 발목이나 잡고 개지랄하고
민주주의 시대에 무슨 저항운동이냐고
조용해라 우리가 다 알아서 한다
당신들이 이러면 보수꼴통들 도우는 꼴이라고
자꾸 이러면 미제국주의를 이롭게 한다고
민주개혁 발목 잡는다고
　　↳Re : 백기완 선생이 팔순잔치에 뭐라 했냐 민간정부 들어서면 답
　　　　 답증 좀 가실 줄 알았는데 그 시절 누가 국수 한그릇 사주는
　　　　 놈도 소주 한잔 먹자는 놈도 없드란 말 듣고 눈물이 핑 돌더
　　　　 라고.
　　　　↳Re : 백 선생 얘긴 노동자 농민들은 얼마나 더 드런 꼴 봤
　　　　　　 겠냐는 말씀이오
　　　　　　↳Re : 그 대가리들은 권력에 줄 서서 득 봤소

밟히는 자는 밟는 자의 발바닥을 통해 감염된다더니
학습 능력은 탁월해 뒷구멍 챙기는 기술도 속성으로 배우고
알아서 다 할 거니까 걱정 말라 저리가

간섭 말라 알았어 알았으니까 저리 가 가라니까

선거 때만 되면 똥닭이 했던 정책들 구정물에 흔들어 씻고

똥가루 탈탈 털고 들고 나와

혁명정부라도 만들 양 호들갑을 떨고 그 짓을

재탕 삼탕 우려 먹고 고아 먹고 표만 찍고 가세요

표만 찍고 가 표만 찍고 꺼지세요 표만 찍고 가 씹새야

우리가 알아서 해 니들이 뭐 알아 국가를 운영해 봤어 뭐 해봤어

공장에서 빡빡 기다 돌멩이나 던지기나 했지 뭐 해봤어

니들이 국가를 운영해 봤어? 니들이 아는 게 뭐야

그래 니들 짓이 역사에 죄 짓는 일인 줄 알기나 해?

그래 우릴 흔들어 보수 꼴통을 도우라고 미제국주의를 도우라고

┗Re : 그 자존심 드럽게 센 작가라는 작자들은 왜 그곳에 줄 섰소?

　┗Re : 그 으슬픈 변호사 불러다 앉혀 놓고 눈물이 쏙 빠지도
　　　록 닥달하고 다짐부터 단단히 받아 놓을 일이지 그 허
　　　접한 정치 시다바리에 줄부터 대는 거요

　　┗Re : 작가는 일인 정부라메? 그런 소리 하는 자들일
　　　　수록 친일하고 권력의 밑씻개 노릇 하더니

　　　┗Re : 그곳 가서 자기 일 잘하는 작가에게는
　　　　　욕하지 마소

　　　　┗Re : 권력 맛 본 진보언론도 출판사
　　　　　도 맛이 가더라고 원고 달라 해
　　　　　놓고 검열하고 양해도 없이 폐
　　　　　기하더라고 흐흐

오천 년 농경 역사에 농자천하지매국이 된 건 처음 있는 일

└Re : 너거들 때문에 자동차 반도체 안 팔린다 안 팔리머 다 죽는다
  다 죽어 죽어 죽어 되져라!

백년 노동 역사에 귀족이 되어본 건 처음 있는 일

└Re : 너그들 때문에 돈보따리 다 떠난다 비행기 타고 줄줄이 바다
  건너 도망간다 간다 아리랑 고개 다 넘어간단 말이다

  └Re : 꼴통들이 그랬을 땐 뭉치고 지키고 소중하게 안타깝게
    생가슴이라도 쾅쾅 쳤지 냉소하고 조롱하고 무지를 비
    웃었지 오오! 세빠지게 일하는 자들에게 무지하다 무식
    하다 타락했다 비웃고 조롱하고 매수했지 니들이 국가
    를 아느냐고 니들이 세계를 아느냐고

    └Re : 그 자리가 민주화운동의 결과물이라고 생각하는
      자 몇 있었나? 인물들이 하도 출중해서 당연한
      입신양명했지

    └Re : 세상이 권력에 얼마나 민감한지 아나? 니들 닮
      느라고 노동조합 간부 새끼들 권력과 돈을 동시
      에 처먹겠다고 거머쥐겠다고 눈깔 씨뻘겋게 설
      쳐대었지 돈 안 처먹고 바로 살아보자는 인간은
      소수고 처먹은 다수가 소수를 밀어내고 박해하
      고 안 처먹었다고 따돌리고 쫓아내고 매장해버
      렸다고

↳Re : 그래서 이도 싫다 저도 싫다 하고 떠나버린 자 얼만지 알아? 썩
은 자들이 민주노조운동의 지도자가 되어 때만 되면 개지랄 떨
고 있다구 그게 왜 니들 탓이냐고? 니들이 한 짓 가운데 가장 비
열한 짓은 노동을 비하한 일 노동을 허접 쓰레기로 만든 일 시
장 가격 시세에 모가지를 매달아 놓은 일 그래서 갈갈이 찢어놓
은 일 잉여인간으로 만든 일

　　↳Re : 노동이 허접해지는데 타락하지 않을 노동자가 어딨나
　　　　꼴통들이 밟아 놓은 걸 너희들이 갈기갈기 찢어놓았
　　　　잖아 그때 국제 정세가 워낙 그랬다고? 그래서 가슴
　　　　아팠다고? 그래 잘났다 도로 민주투사다
　　　　↳Re : 국회의원이란 작자가 파업하는 공장에 와서
　　　　　　노조간부 호텔에 불러놓고 술 멕이고 돈 찔러
　　　　　　주고 형님 아우 하자 파업 그만해라 나라를 위
　　　　　　해서 건배하자 개지랄 떨었지
　　　　　　↳Re : 진보정당 인간들도 똑같이 배우드만
　　　　　　　　소수정당 설움이 어쩌니 우는 소리 해
　　　　　　　　대더니 저보다 작은 세력은 가차없이
　　　　　　　　밟고 자리 하나 두고 개떼 같이 물어
　　　　　　　　뜯고 특권 사수를 위해 숨어서 싸
　　　　　　　　우고

복지도 우리가 줬다 뺏었다 한다 표만 찍고 가
통일도 우리가 했다 말았다 한다 표만 찍고 가

비정규직도 우리가 죽였다 살렸다 한다 표만 찍고 가
　　└Re : 니 박근혜 잘 되라고 그래 씨부리제?
　　　　└Re Re : 저항은 없다 저항은 없다 같은 방에 뒹굴면서 저
　　　　　　　항이 어딨냐 씹쌔야

예전이나 그때나 지금이나 똑같은 내 처지
정권교체가 저 중력권 밖에서 왔는지 갔는지 모를 캄캄한 동네에 살다
속이 터져
어느 날 나는 저 동해바다에 가서 이렇게 소리 질렀다오

독도를 국토에 가두지 마라! 마라!
저 공통의 푸른 바다에 일렁이게 하라!
　　└Re : 너도 식민지근대화론자냐?
　　　　└Re : 니, 자다가 넘우 봉창 뚜디리나?

한쪽은 국유화고 다른 쪽은 사유화고
한쪽은 되로 달고 다른 쪽은 말로 달아
그러다 자세 바꾸고 역할 바꾸고
둘 다 한 아가리에 몽땅 털어넣고 저리 가 저리 가란 말이야
한쪽은 신자유주의고 다른 쪽은 새자유주의고
한쪽은 공적이고 다른 쪽은 사적이고 체위 바꾸고
그걸 한 아가리에 다 쳐넣고 저리 가 꺼지란 말이야
니들이 국가를 운영해 봤어? 니들이 세계를 알아?
저리 가 표나 똑바로 찍고 저리 꺼지란 말이야!

오 하느님, 개같은 날들을 주셔서 고맙습니다.
저들이 잘한 짓도 있나이다

군인은 제발 보이지 말아야 하네

서수찬

군인은 보이지 말아야 하네
여태까지 군인이 보여서
잘 된 나라는
이 지구상에는 없었네
군인이 커다랗고
선명하게 보이는 미국이
가는 곳마다 남긴 것은
분쟁이요 죽음 뿐이었듯이
성산 일출봉이
미국을 따라 하는 것은 정말 싫네
정방폭포가
세계 사람들에게
폭격기가 되는 것은
생각하기도 싫네

제주의 바람이
지구 곳곳에
피의 냄새를 다시 타전하는 것은
죽기 보다도 싫네
군인 몇백만 명 보다도
용두암 하나가 제주를 지킬 것이네
무명저고리 같은 갈대 하나가
어떤 무기보다도 튼튼히
제주를 지킬 것이네
산방굴사 외돌괴 유채꽃이
어떤 항공모함보다도
평화를 더 오랫동안 기억하게 할 것이네
군인은 제발 보이지 말아야 하네.

법외 인간들의 시대를 맞아

송경동

우리는 모두 기를 쓰고 법내로 들어가려고 하는데
모두가 쫓겨나고 있다. 법의 테두리 밖으로
오늘도 시청 광장에서 불법선거를 규탄하는
국정원 촛불의 메아리는 가 닿을 곳이 없고
저 멀리 강정에서 밀양에서 법이 쳐둔 울타리 밖으로
끌려나오는 이들의 신음소리가 들린다

아홉명의 해고자를 핑계로
6만 전교조 교사들을 법외로 내몰고
10만 공무원도 법외로 내몰겠다고 한다
합법 정당도 법 바깥으로 내쫓겠다고 한다
각종 민영화법은 공기업들을 끝내 사유지로 내몰고
현대차 비정규직 콜트콜텍 노동자들에겐 대법원 판결도 소용없다
쌍용자동차에서 한진중공업에서 기륭전자에서

노사정 사회적 합의는 일회용 휴지처럼 버려진다
진정한 치외법권의 성지 무노조 삼성
그래도 아무 문제 없다는 노동부
그 바깥에서 배고파 못살겠다고 며칠 전 자결한 삼성전자서비스노동
자 최종범
그렇게 2년마다 법 바깥으로 내몰리는 900만 비정규직

농민들은 FTA조약의 바깥으로 내몰리고
길거리 정화법 바깥으로 내몰려 가로수에 목을 매단 노점상도 있었다
저 망루로 내몰려 화형당한 용산의 철거민들도 있었다
그렇게 쫓겨난 망루 위에서 10일, 20일, 30일
급기야 수백일이 지나서도
이젠 더는 법내로 돌아올 수 없는 민중들의 분노
목숨을 반납하고서야
그제야 벗어날 수 있는 법외 인생들의 서러움

도대체 그 어디에 공평무사한 법이 있는가
도대체 그 법 안에는 지금 누가 있는가
도대체 모두를 법외로 밀어내놓고
그 법 안에서 오늘 안전한 자는
오늘 행복한 자는, 오늘 웃는 자는 누구인가
돌이켜보면 어차피 우리는 태어나면서부터
기존법으로는 규정할 수 없는 새로운 생명들
무한독점의 법 바깥에서 애초에

착취당할 의무밖에 없었던 무국적자들

잘됐다. 너희들은 지나간 법내에서 잘 살아라
다시는 그 비좁은 법내로 들어가지 않으마
법외에 다수의 세상을 만들마
그 어떤 경계에도 관습에도 폭력에도 잡히지 않는
자유롭고 유쾌하고 위대한 법외 인간들이 되마
너희가 오늘 기를 쓰고 밀어내는 것이
우리가 그토록 기다려왔던 저 미래의 세계임을 감사하며
지나간 법의 감옥에 갇힌
너희를 추모하고 위로하마

아름다운 법외 인간들의 시대여
자랑스런 법외 인간들의 만개여
지난 시대를 뒤돌아보지 말고
저 새로운 세상으로 곧장 가자

꽃들이 울고 있더라

안준철

이른 아침 출근길
이슬이 내린 줄 알았더니
꽃들이 울고 있더라.
무슨 슬픈 일이 있느냐
넌지시 물었더니
내가 울지 않아 대신 운다 하더라.

왜 내가 울어야 하느냐
다시금 물었더니
세상의 진실이 스러졌다 하더라.
민주주의가 도륙났는데
아무도 곡(哭)하는 사람이 없어서
대신 울고 있다 하더라.

가랑잎 같은 아이들 하늘로 보내고
소나무 같은 선생님들 거리로 내몰고
이런 게 무슨 나라냐고
이게 무슨 얼어 죽을 교육대국이냐고
꽃들이 울고 있더라.

어스름한 저녁 산책길
빗방울이 떨어진 줄 알았더니
꽃들이 울고 있더라.
길가에 버려진 돌맹이들과 연대하여
내 대신, 꽃들이 울고 있더라.

왕

이영광

대한민국, 이십일 세기는
선거로, 왕을 뽑는다
타락했고 무능하지만
타락했는데 무능할 리가? 좌우간
타락하지도 무능하지도 않은
왕을,
미스터리를
투표해서 뽑는다

한 고독이 너무 오래 외로우면 안 된다는 것이 시대의 합의.
시대의 합의는 인간의 합의.
하고 말겠다, 해야 할 일이, 절대 포기할 수 없는 일이 있다는
(얼마나 할 일이 없으면!)
희생적인 너무도 희생적인

고독이 칼을 쥐면.
고독이 칼을 쥐면.

주인 없는 새 세상에 절망해 통곡했던
해방 노비들처럼
왕이 있어야 희망이 있다고,
모두를 죽이러 오는데 저만 태연한 짐승처럼
왕이 있는 편이 有利하다고,
아무도 죽이러 오지 않는데 공포에 질린 짐승처럼

더 악한 것이, 더 속 터지는 것이, 더 천한 것이 나타나는 것보다
다시 나타나는 것이 더.
죽었던 것이 더.
한 고독의 병실이 만인의 감옥이 되는 것이 더.

생존이 전부인 시절이 나날이.
생존이 전부인 나날이 또 나날이.

대한민국 이십일 세기는 세다
무엇보다 그 약함이 가장 세지만,
먹으면서도 배가 고픈 그 허기가
못 먹어도 배부른 것 같은 그 포만감이 또 가장 세지만,
어미 아비도 처자식도 투표로 막

뽑으면 된다는 듯
그 포기가 가장 포기를 모르며
그, 계산하는 포기가 또 가장 포기를 모르지만

너의 정체가 무엇이냐?
새 사람이 되어라.
목숨은 목숨을 부지하는 데 쓰는 것이야.

꼭 하고 말겠다, 기필코 해야만 하는 일이, 나 아니면 죽어도
안 되는 일이 있다는
(얼마나 하고 싶지 않은 일이면!)
위생적인 너무도 위생적인

약한 건 결국 약한 것이고
포기란 결국 포기인 것
맞은 델 무수히 또 맞을 악착같은 악착의 날들은
무수하므로,
절망보다도 희망보다도 더 깊은 것
백성을 갈 수 없는 건 왕을 갈 수 있기 때문
그것이 미래이겠지만
미래란 내세처럼 계산되지 않는 것이겠지만

죽었던 것이 또.
모든 슬픔이 필요한 슬픔이 또.

절망도 희망도 다 다쳐 돌아온 자식 같아서
제 목에 밧줄을 거는 짝사랑 애인 같아서
늙어가며 자꾸, 주정을 한다
하게 된다
늙음이 해탈이랴
약에도 못 쓸
왕이랴

한반도 종단열차 타고 신혼여행 가자

이원규

늦었다 이미 나는 너무 늦었다
3만 리를 걷고 모터사이클로 1백만 km를 달려도
언제나 38선 아래 섬이요 다람쥐 쳇바퀴였다
청년들아, 너희들은 경의선 기차를 타고
한반도 종단열차를 타고 신혼여행을 가자
아직 북한 땅에 내릴 수 없다면 잠시 화물칸 짐이 되어 가자
마침내 시베리아 횡단열차 침대칸을 타고 가다
잠시 바이칼 호수에 내리자 알혼섬에서
만년설의 맑고 찬 물에 오금 저리도록 목욕재계를 하고
민족 시원의 부르칸 바위 앞에서 미뤄둔 혼인서약을 하자
알몸의 손을 잡고 초원을 걸어가자 자작나무 숲으로 들어가자
걷다가 지치면 20만 원쯤 주고 말 한 필을 사
천천히 바이칼 호수를 한 바퀴 돌다보면
말은 알아서 풀을 뜯을 것이니 때가 되면 풀밭에서 아이를 갖자

돌아올 때는 드넓은 초원에 말을 방생하든지
다시 주인에게 15만 원을 주고 되팔자
말은 저절로 자라고 유목민은 5만 원 벌고 너희들은 교통비를 아낀 셈
이다
유럽의 대학생들이 그렇게 여행을 하더라 상상력이 다르더라
그리하여 청년들아, 우리나라는 섬이 아니다
한반도는 대륙의 끝이자 처음이다
통일을 얘기하면 빨갱이, 민족공생 논하면 주사파인가
오히려 반대하는 자가 쪽바리다 양키다 되놈이다
금강산이 닫히고 개성공단이 위태로운데
꼭 바닷물을 다 마셔봐야 짠맛을 알고
손가락으로 찍어 맛을 봐야 똥인 줄 아는가
남북한 통신단절 사태는 공멸의 전주곡이다
그러나 청년들아, 두려워마라 겁먹지 마라
제발 동참하지도 마라 너희들은 곧 가게 될 것이다
한반도 종단열차를 타고 신혼여행을
시베리아 횡단열차 침대칸을 타고 유럽까지 다녀올 것이다
나는 늦었다만 그래도 너무 늦지는 않았다
너희들이 먼저 가면 그 길을 따라 모터사이클로 갈 것이다
실크로드를 달리고 마침내 세계일주를 하다가
끝끝내 길 위에서 죽어도 참 좋을 것이다

거기 가면 일이 있다

임성용

겨울이었다
구제역이 전국을 휩쓸 때였다
소읍 장마당에 할 일 없는 사람들이 모여
윷을 던지고 화투패를 만지며 놀던 날이었다
돼지를 묻으러 가면 돈을 엄청 벌 수 있대
자네 트럭을 몰고 가자, 소를 구뎅이에 파묻는데
소 엉덩이를 밀어주면 하루 30만원을 준대
포클레인이 없으면 트렉터라도 끌고 가자
장비는 40만원을 넘게 받는대

더 몇 해 전에, 4대강 공사가 한창일 때였다
소읍에는 갑자기 활기찬 바람이 불었다
농번기가 왔어도 일깨나 할 만한 남자들은
남한강으로 모두 모래를 퍼 담으러 떠났다

보를 막고 시멘트를 붓고 둑을 쌓는 곳으로 몰려갔다
거기에는 겨울에도 일이 있고 야밤에도 일이 끊이질 않는다네
포장마차에서 술을 마시던 사내들은
거기에서 힘 쓴 일들을 자랑삼아 이야기했다
엊그제 도강훈련을 하던 군인들이 강물에 빠져 죽었다지
해마다 훈련하던 곳인데, 강바닥이 깊게 패여 소용돌이에 휩쓸린 게지
거기 그 자리, 우리가 바로 모래를 퍼낸 자리가 아니었나

하도 오랫동안 만나지 못해
얼굴도 잊어먹을 고향의 친구 녀석
농사도 때려치우고 공사판을 떠돌더니
돈을 벌러 객지로 떠났다고 했다
아주 아랫녘, 거기 가면 아주 좋은 일거리가 있다고
밀양이라는 곳에 송전탑을 세우는 일을 한다고 했다
요새 그만한 일당에 그만한 일거리가 어딨냐고
거기 가면 일이 있다고, 거기에는 꽤나 짭짤한 돈벌이가 있다고 했다.

시절을 외면하지 말고 노래해야지

정세훈

시절을 외면하지 말고 노래해야지

민족의 염원 남북평화통일운동이
민중을 위한 민주 연대활동이
조선인민공화국의 주장과 체제에
동조하는 빨갱이 짓이라고
종북몰이가 되어 버린 시절

종북몰이꾼들이
합리적 '인정'이 아니고
맹목적 '동조'라 뒤집어씌운다 해도
'종북몰이' 올가미를 채운다 해도

대한민국은 선거를 기반으로

살아가는 진실과 가치를
지니고 있다는 것을 인정하듯

조선인민공화국은 대중조직에 기초하여
살아가는 진실과 가치를
지니고 있다는 것을 인정하자고

시절을 외면하지 말고 노래해야지

부끄러워라

정희성

부끄러워라
더 이상 분노할 수 없다면
내 영혼 죽어 있는 것 아니냐
완장 찬 졸개들이 설쳐대는
더러운 시대에 저항도 못한 채
뭘 더 바랄 게 있어 눈치를 보고
비굴한 웃음 흘리는 것이냐
죽은 시인의 사회에서 이제 그만
주민등록을 말소하고
차라리 파락호처럼 떠나버리자
아아 새들도 세상을 뜨는데*
좀비들만 지상에 남아 있구나

*황지우의 시 「새들도 세상을 뜨는구나」

붉다

조경선

단풍나무 숲의 아침은 붉은 해로 시작한다

그 길을 앞장 서는 선생님 뒷등

뒷서거니 앞서거니 아이들 신발 뒤축 따라

한 무리의 발자국이 붉게 찍히는 보폭 사이로

슬프고도 붉은 눈으로 거리를 걷던 희끗한 선생님

붉은 망토 휘날리는 우리 학교 젊은 슈퍼맨 선생님

전사처럼 붉게 물든 나뭇잎처럼 모인

사람들의 대열이 점차 뜨거워진다

쑥부쟁이 피워낸 황톳길

화살나무 층층이 붉은 깃발 되고

서로 어루만지는 손들이 붉다

산수유 열매 붉게 매달린 가을에

넘어지는 사람, 넘어뜨리는 사람

사냥하는 사람,

잡히는 짐승, 차에 치이는 짐승도 없는
아득한 숲으로 들어간다

가장자리에서 부는 바람이 제법 차다
바람도 숲이라면 잘 받들어야 하리
장끼가 붉은 털 날리며 창공을 오르는 순간
붉은 눈을 단 사마귀도 지지 않는다
단풍나무 붉은 꽃씨 날린다
산수유나무, 자목련, 먼나무 붉은 열매 아래로
선생님과 아이들은
깊고 깊은 꿈과 절망에 대해 이야기하며 걷는다
더러는 붉은 휘파람 휘휘
더러는 귀에 익은 노래가 되어
어떤 이는 벌렁거리고
어떤 이는 울먹이며
붉은 가슴 어느새 숲 속에서 타오른다
홍가시나무 붉은 손으로 어서 오라 한다

붉다 붉 붉 붉 붉
금기와 낙인을 깨는 붉은 색, 물들인다는 그 말

숲과 세상이 붉게 물드는 이 가을에
가만히 누군가에게 스며들어
붉게 물들어 번진다는 참 좋은 말

누군가를 곱게 물들게 한다는 참 좋은 일

가을 숲으로 들어가 본 사람은 안다
한 마리 해충이 온 산을 붉게 만드는 것이 아니라는 것을
수 천 수 만 생명이 붉게 물들어 아름다운 세상 있음을

하나가 아니라 여럿이 걸어 들어가는 길
붉은 마음이 산천을 물들인다
붉게 붉게 붉게 타올라 장관이다

알량한 본색

조성국

뭘 급히 쓰다 말고 감춘다
민주화운동 관련자 증서와 함께
일당 40,108원씩 쳐서
구금당했던 일수를 보상해 주는
생활지원금 신청서
딸애의 튀어나온 하악 턱의
뻐드렁니 교정은 고사하고
대안학교 기숙사비도 얼마간 밀렸을 터
어림짐작 헤아렸던 목돈에
흔들렸던 맘을 들킨 것 같아
잠시 민망해진 아내가
면전에선 내색 못하고
뒤돌아서 혼자 구두덜거린다
남들 다 하는데 저만 아닌 척 하면

누가 알아주기나 하냐고
그걸 꼭 지킨다고 해서 반듯한 법이냐고
들큰거리다가, 입방아가 지나쳤나
싶었는지 물끄러미 살펴오는 눈치를
어물쩍 받아넘긴다

수평기(水平器)

함민복

철을 만나면 사족을 못 쓰고
척
달라붙는 자석으로 된
미제 수평기가
미국 공기방울 하나로
한반도
한
가정집의 균형마저 잡고 있다

불법점거에 대한 변

황규관

합법의 근거는 아무나 가질 수 없으니
불법은 도처에 넘실거린다
그래서 불법은 궁지에 몰리고
유일한 합법은 각목을 휘두르고
불법의 머리채를 휘어잡는다
이게 우리가 배운 법의 얼굴이다
불법은 사라져야 되고
불법은 응징해야 되고
불법은 저 철조망 너머로 추방해야 한다고
합법이 부르짖는다
어릴 적 내 머리는 불법 바리깡에 맡겨졌고
어머니는 불법 좌판을 벌인 죄목으로
단속반에 부서져 울어야 했다
내력 있는 불법 인생은 그러므로

합법 자체를 알 리 없고
법의 정신을 들은 바 없고
법이 무엇인지 관심이 없다
오로지 꽃잎에 머무는 태양의 미소가 기준이고
바람에 실려 온 다디단 숨결을 느낄 뿐이다
가끔 불법이라 불리는 점거를
거리낌 없이 하는 일도 있다
낡은 입간판 하나 지키기 위해
오래 된 바위에 부서지는
파도가 되기 위해

3부

공주의 나라

권서각

흰옷을 입고 쌀로 밥을 지어
정답게 나누어 먹는 사람들이
모여 사는 나라가 있었습니다
원래 단군의 나라였다가
지금은 공주의 나라가 되었습니다
공주는 곧은 소리를 싫어합니다
정의의 소리를 들으면 잠들지 못합니다
수염 없고 영혼 없는 내관들
밤새 잠들지 못하고 왕궁을 지킵니다
정의의 소리를 내는 노동자의, 가난한 자의,
씨올의 소리가 왕궁의 담을 넘지 못하게
밤에서 낮까지 개소리를 냅니다
누구든 정의의 소리를 내면
사납게 달려들어 물어버립니다

그리하여 이 나라에는
자유가 죽고 정의가 죽고
사랑마저 죽어버린 듯합니다
그러나 정의의 소리는 정의의 소리이고
개소리는 개소리입니다
얼어붙은 산하, 얼음장 밑으로
정의의 노래는, 씨올의 노래는
어제도 오늘도 또 내일도
강물 되어 도도히 흘러갑니다

이 나라에 살기 위해 기억해야 한다

권혁소

천박한 5년이
강줄기를 막고
백성들을 불태우고
평화의 바다에
전쟁 기지의 패악을 건설하는 사이
부정한 5년은
또 그렇게 시작되었다
베이글녀도 아닌 글래머녀도 아닌
국정원녀로부터

감히 상상할 수 없는 일이
일상으로 벌어지는 나라
독재의 부정이란 끝이 없다는 것을
'아버지 대통령 각하' 앞에서

충성맹세로 보여주는 나라
작은 거짓은 더 큰 거짓으로만 덮을 수 있다고
매일매일 생방송으로 보여주는 나라
영어 중국어 프랑스어, 남의 나라 말은
잘도 하면서 정작 우리말엔 서툰
대통령이 '지하 경제 활성화'를
진두지휘 하는 나라, 그리하여
'바쁜 벌꿀'이 분출하는 '이산화까스'를
'전화위기'로 삼는 나라

이 나라에 살기 위해서는
스물다섯 청년 전교조를
'노동조합으로 보지 아니' 한다고
팩스 통보하는 2013년 10월 24일의
간교한 이면을 기억해야 하며
헌법재판소에 정당 해산을 요청하는
우경화된 입을 기억해야 한다

어디 그 뿐이겠는가
남의 나라 지하빠에서
국고로 폭탄주를 마시고
알몸으로 대통령을 옹위하는
국가 대신의 좆대가리를 기억해야 하며
광주항쟁은 북이 개입한 내란음모라고

유언비어한 주둥아리들에게
죄 없음을 선고하는, 그러면서도
시인에게만 유죄를 선고한
정치판사의 저급한 아가리도 기억해야 한다
공주의 얼음 눈총 맞은 사체들을 날래게 치우는
줏대 없는 관리들의 손모가지를 기억해야 하며
무엇보다 무엇보다
그 아비의 독재에 송두리째 삶을 빼앗겨야 했던
숱한 가족사들을 기억해야 한다

유신을 잠재우던 그 총성 생생히 기억하나니
이 나라에 살고자 한다면
7,80년대의 책들 다시 꺼내 읽으며
길고 높은 담벼락에 민주주의 다시 새길 때다
표표히 항거할 때다

나는 벌레가 아니다

김경윤

가을이 오면 온산에 단풍이 드는 아름다운 나라에서
나는 이민족의 군홧발에 짓밟힌 민중의 피땀을 노래하는데
당신은 한 마리 해충이 온산을 붉게 물들인다고 말한다

나라는 인간 몸과 같고 역사는 혼과 같다는 말
나는 가슴에 새기고 온몸으로 밀고 가는데
당신은 입으로 말하고 온몸으로 부정한다

나는 정의와 자유를 가르치는 선생님을 참교사라 부르는데
당신은 참교육을 외치는 교사들을 해충이라 부른다
유대인들을 해충이라 불렀던 저 독일 파시스트처럼

해충박멸! 어디서 많이 듣던 귀에 익은 그 말
어린 날 저 유신의 깃발 아래서 새마을 노래를 부르며

녹화사업을 위해 외치던 소리, 아직 귓가에 쟁쟁하다

제 나라 백성을 해충이라 부르는 당신은 누구?
벌레 잡는 에프킬러! 피 묻은 손바닥인가
오호라, 압제자의 후예여!

나는 벌레가 아니다, 노동하는 인간 나는
진리를 파종하는 농사꾼 나는
사랑만이 겨울을 이기고 봄을 기다릴 줄 안다고 노래한다*

겨울 혹한이 혹독할수록 땅속의 해충이 다 죽어서
농작물이 잘 자란다고 당신은 말하지만
절망은 나를 단련시키고 희망은 나를 움직인다**

이 땅에 혹독한 겨울이 다시 온다 해도
고난을 벗 삼아 진실을 등대 삼아***
나는 싸우리라 나 자신과
만인의 자유를 위하여
벌레가 온산을 붉게 물들일 때까지

*김남주의 시 「사랑은」에서 빌려옴.
**, ***박근혜의 책 제목에서 빌려옴.

나의 시 나의 칼

김해화

동트는 새벽 일어나
동녘하늘 바라고 백팔배 올리네
무릎 꿇고 오래오래 낫 갈으라 하셨지 아버지
무릎 꿇고 오래오래 칼 갈겠네 시 갈겠네
칼 한 자루

비오는 날 공치는 날
큰칼 옆에 타고 광화문 갈까
내곡동 갈까
길목마다 빛바랜 군복 검은 정장
일베나 어버이 튀어나오겠지
불쑥한 허리춤 국정원표 권총이라도 찼을까

훈련된 솜씨로 총 뽑기 전

온몸 날려
단칼에 모가지 댕강 잘라버리겠네
나의 시 나의 칼

탄핵의 서

박관서

옛날에, 머슴이 주인에게 덤비면
멍석말이를 했다 그래도 덤비면
씨를 말리는 궁형에 처했다
지금, 마당 쓸라는 빗자루를 버리고
삼시세끼 밥 지으라는 쌀독을 빼먹고
문간을 지키라는 작대기와 횃불로
주인을 속이고 겁박하고 희롱하며
스스로 머슴인지 주인인지도 모르는
너희, 천한 것들을 어찌해야 하느냐

명화극장의 눈물

이도윤

영화를 보고 난 밤
별이 우리에게 심은 눈은 초롱하다
고라니나 토끼처럼 쟁기를 끌고 가는 소처럼
어미의 젖꼭지에 매달린 두 개의 별
이러한 애들이 자라서
자신이 젖을 빨던 어린 천사였다는 걸 모른다
젖 대신 탐욕의 밥을 들고
그는 흰 스크린 위를 부끄러움 없이 질주한다
일본 천황의 신민이 된 아비처럼
분단에 묶인 자신의 삶 또한
한 편의 영화라는 사실을 잊어버렸다
자기가 이미 악당이 되어버린 줄 모르고
포마드를 바른 머리로 근사한 차를 몰며
땀 냄새의 피를 빠는 악마가 된다

곧 끝나가는 한 편의 영화를 뻔뻔하게 바라보며
때로는 영화 속 악당에게 분개도 해가면서

목마와 숙녀*

이상국

한잔의 술을 마시고

우리는 대한민국의 생애와

목마를 타고 떠난 대선의 옷자락을 이야기한다

목마는 주인을 버리고

그저 탄식 소리만 남기고

어둠 속으로 떠났다

촛불에서 슬픔이 떨어진다

상심한 촛불은 내 가슴에 아프게 부서진다

그러한 잠시 내가 알던 민주주의는

국정원의 초목 옆에서 자라고

정의가 죽고 헌법이 죽고

역사의 진리마저 애증의 그림자를 버릴 때

목마를 탄 사랑의 사람은 보이지 않는다

권력은 가고 오는 것

한때는 고립을 피하여 시들어가고

이제 우리는 일어나야 한다

술병이 바람에 쓰러지는 소리를 들으며

어두운 유신의 그림자를 바라다 보아야 한다

　 ‥‥ 등대에 ‥‥

불이 보이지 않아도

그저 간직한 데모크라시의 미래를 위하여

우리는 뜨거운 함성소리를 기억하여야 한다

모든 것이 떠나든 죽든

그저 가슴에 남은 선명한 의식을 붙잡고

우리는 민주공화국의 고통스러운 이야기를 들어야 한다

4 · 19와 광주를 지나 청춘을 찾은 조국과 같이

눈을 뜨고 한잔의 술을 마셔야 한다

조국은 외롭지도 않고

그저 역사처럼 엄연하거늘

한탄할 그 무엇이 두려워서 우리는 뒷걸음질 치는 것일까

목마는 하늘에 있고

신음 소리는 귓전에 철렁 거리는데

가을바람 소리는

내 쓰러진 술병 속에서 목메어 우는데

*박인환의 「목마와 숙녀」를 패러디함.

걱정

이은봉

누구는 바보라고도 부르는 우리 동네 황봉핵 씨, 다른 누가 보기에는 천재인지도 모를 황봉핵 씨, 이름에 핵 자(字)가 들어 있어 언제나 핵을 받드는 사람, 그는 참 걱정이 많다

오늘 밤도 억지로 잠을 청하며 눈을 감는다 온갖 걱정이 끊이지를 않는다 걱정에 짓눌려 가슴이 터질 것만 같다 걱정이 아니라 번뇌라고 해도 좋다 괜한 기우라고 해도 좋다

그래도 걱정은 걱정이다 걱정 중에는 어떤 것이 있나 자식들 걱정도 걱정 중의 하나이다 자식들 걱정으로는 잠 설치지 않는다 아내 걱정도, 어머니 걱정도 걱정이다 실은 아내와 어머니가 그를 더 많이 걱정한다

늘 끊이지 않는 것은 나라걱정이다 우습다 나라걱정을 이렇게 심각하게 하다니 무슨 나라걱정을 이렇게 심각하게 하나 이런 생각으로 황봉핵 씨는 얼른 그간의 나라걱정을 덮어씌워버린다

그래도 나라걱정은 쉽게 덮어씌워지지 않는다 삐쭉삐쭉 곁가지를 치며 솟구쳐 오르는 나라걱정……

어머니 아버지가 다 총 맞아 죽은 사람, 한 많고 설움 많은 사람이 대통령이 되었으니 걱정이 더욱 크다

한 많고 설움 많기로는 노동자와 농민들이 최고다 동병상련이라고, 우리 대통령이 한 많고 설움 많은 노동자와 농민들의 편을 들면 어쩌나 진보 좌파들의 편을 들면 어쩌나

그렇게 하면 큰일이다 나라의 앞날이 걱정이다 순해터진 여자가 대통령이 되었다고, 꼴통 우파들이 가만히 있지 않을 텐데……

저 꼴통 우파들, 여자대통령을 갖고 놀려고나 하지 않을는지 누가 대통령이 되어도 꼴통 우파들의 눈치는 좀 보아야 하지 그러니 우리 여자대통령 참 안 되었지

충성과 비판, 신의와 야유, 칭찬과 아부는 백지장 하나 차이지 저 잽싼 꼴통 보수주의자들, 뭐 한 자리 차지하려고 충성인지 비판인지, 신의인지 야유인지, 칭찬인지 아부인지 모를 짓들 많이 하겠지 꼴통 우파들 중에는 마초들이 많지 한심한 남성우월주의자들이라니

그건 그렇고 남의 나라들까지 우리나라를 우습게보면 어쩌나 북한이, 미일중소가 함부로 달려들면 어쩌나 온 세계가 정글이거늘 어떻게 하나 아무데서나 발광하는 저 수컷들

억지로 잠을 청하는 황봉핵 씨, 눈을 감지만 눈앞의 풍경, 너무 복잡하다 온갖 걱정이 끊이지를 않는다 걱정에 짓눌려 가슴이 터질 것만 같다

보아라 힘겹게 산 고개를 오르고 있는 레일 없는 나라 열차를!

저 나라 열차를 어떻게 하나 헐떡이며 산 고개를 넘고 있는 저 레일 없는 나라 열차를! 황봉핵 씨는 오늘 밤도 끝내 잠을 이루지 못한다.

극우의 통치 방식

정원도

노쇠한 낙타가 하루에 만원이나 번다는
팔순 어머니의 자부심 같은 거다
맞벌이 아내가 출근하기 무섭게 뒤따라 나서며
하루에 기십만 원은 벌어야 하는 아들보고
설거지에,
세탁기 끝나면 빨래 널고 나가라 명하고는
휑하니 뒤도 안돌아보고 달아나신다
뒤죽박죽 속옷에 철지난 외투에 브라자에 젖집에
웬 착용해야 하는 갑옷 일체는 이렇게 많은지
건조대 빼곡히 들어찬 햇발은
비집고 들어올 틈도 마땅찮은데
허겁지겁 젖은 허공에 빨래가 집을 짓는다
알록달록 아들의 이념 없는 패션이 난무하고
빨랫감 줄이려고 애쓰는 나의 빨랫감은

누추한 양말 몇 컬레밖에 없는데도
일만 원짜리의 연로한 권위가
사막을 건너는 팍팍한 채찍이 되어
부려먹는 장기 독재를 본인만 모른다
김치 통은 김치 냉장고 밖에서
노엽게 나를 응시하고 있고
대꾸할 명분조차 허락지 않는 주도면밀함으로
회초리와 엄포로 주눅 들게 하던
40년 전의 위엄을 여태도 고수한다
말만 나오면 모든 살림이 그나마
당신 때문에 이만큼이나 되고 있는 줄 알라는
얄짤 없는 일방통보 극우의 통치 방식이다
아 어머니, 자고나면 바뀌는 세상에서
아직도 당신 아니면 안 된다며
일사불란 시키는 대로만 강요하면
돈 벌어오는 창의력은 어찌 키우라고요
모든 흥하는 것은 망하는 때가 오는 법
그 쓸쓸한 뒷감당은 또 어쩌라고요!

나, 50대

최성수

아들아, 애비 세대는 술만 퍼먹다 늙었다.
친일파가 세상을 떡주무르던 시절에 태어나
혁명을 가장한 쿠테타가 일어났을 때 어린 날을 보냈다.
세상이 어떤 곳인지 알지도 못한 채 쑥쑥 자라
줄맞춰 신작로길 걸어 등교를 하고
붉은 글씨 솜방망이처럼 새겨진 반공방첩 유리창 아래서
오글오글 모여 국민교육헌장을 외웠다.
모두들 가난한 시절
술지게미를 먹고 비틀거리거나
강냉이, 감자 섞은 밥이라도 한 술 뜨던 친구들과 함께
어깨동무하고 한국적 민주주의를 외웠다.
말 뜻도 모르면서 무조건 외워야했던 그 헌장이
얼마나 오랜 세월 우리의 머리 속 쇠말뚝이 되어 남아있을 지
그때는 정말 몰랐었다.

청년이 되고, 세상은 점점 밥숟갈 깨나 뜨는 사람과
밥숟갈 겨우 뜨는 사람들로 나뉠 때,
애비 세대는 술 퍼먹는 일로 밥을 외면하곤 했다.
그러나 술에 취해 세상을 향해 털어놓던 울분은
그저 헛된 메아리 같은 것이었을까?
유신 반대, 민주주의 회복, 직선제 개헌
그 길에서 애비 세대는 갈 곳을 잃어버렸던 것일까?
세월이 흐르고, 너희들을 낳고, 세상의 가운데 서게 되었을 때
여전히 세상은 친일파에서 시작된 세력이 더 큰 힘을 쥐고 있었고,
우리들 중 더러는 걷던 길을 뒤돌아 그 세력을 향해 달려갔지만
대부분은 세상이 더 살만한 곳이 되어야 한다는 믿음으로
함께 걷고 있을 것이라 믿었다.
삶의 평온함은 철학도 역사 의식도 다 묻어버리는 것임을
아무도 깨닫지 못한 사이 과거는 그저 추억으로 남았고
어느새 애비 세대는 안정과 보수라는 이름으로
밥만 아는 돼지가 되어버렸다.
밥만 아는 것이 결국은 밥조차 빼앗기는 일이라는 것도
모르는 세대가 되어버렸다.
목숨을 걸고 살려낸 직선의 권리로
그들의 딸에게 다시 권력을 넘겨주고 말았다.
가난한 사람은 부자를 위해 투표하고
부자는 가난한 사람을 위해 투표하는
지독히 아량 넓은 민족이라며
우스갯소리로 술 마시는 오늘 밤은 쓸쓸하구나

강냉이 밥 먹던 시절에서 먹을 것이 남아도는 시절로 온 것이
역사도 철학도 가치도 다 지워버릴만큼
행복했던 것일까?
자식들의 미래를 위해서가 아니라
자신의 안온한 현실을 위한 선택이
얼마나 큰 고통으로 이어질 지
지레 짐작해보는 것조차 허망하게 눈 내리는 밤
애비는 또 술잔을 든다
아들아, 애비 세대는
술만 퍼먹다 늙었다.
술조차 목숨을 걸고 마시지 못하고*
힐끗힐끗 곁눈질하며 마시다 늙었다.
흰 눈은 여전히 쉬지 않고 내려
세상 모든 것을 덮어버리는데,
이제는 문득 그것을 평등이라고 부르고 싶지 않구나.
눈이 내려도 포근하지 않는 이 겨울의 한 복판에서
아들아, 네 애비는 또 술만 퍼먹는다.
저 평등이라는 허울로 세상을 덮은 눈조차 걷어낼 줄 모른 채
너희들에게 '아득막막' 만 넘겨주고 있구나,
너희들의 미래를 빼앗아 먹으며 살고 있구나.

*고 이광웅의 시 「목숨을 걸고」의 변주.

독재자
—2013년 대한민국

표성배

칼을 추종하는 자 칼을 얻게 되리니
이것은 예언이 아니다
쇠는 무뚝뚝하고 차갑고 온 몸이 어둡다
어둠을 숨기려 벼리면 벼릴수록 날카롭고
더욱 차갑게 변하는 쇠의 몸
쇠의 몸에는 태초에 사랑이라는 따뜻한 말은 없다
물과 흙과 심지어 바람과도 소통할 수 없는 쇠의 말은
일방적인 말
칼을 쥔 자 칼로 망하리라
이것은 무슨 예언이 아니다
칼의 힘을 믿는 자
칼을 종교처럼 따르는 자 눈매가 뱀 같다
물의 가슴을 갈가리 찢어 흙의 심장에 삽날을 꽂는 자
얼굴빛이 칼의 빛깔이다

입으로는 혓바닥을 말아 둥근 사랑을 말하지만
가슴에는 거짓으로 도금된 날선 칼날이 번뜩인다
희망 같은 별빛마저 돈으로 환산하는 자
그는 눈먼 사탄이다
칼의 힘을 믿는 자 칼로 망하리라
이것은 그냥 예언이 아니다
역사다

김재규 평전을 읽는 밤

홍일선

지상의
목마른 사람들에게
만고 대덕이셨던
강물 흘러가는 소리
4대강 공사가 끝난 뒤로는
강 마을 사람들
강의 경전
다시는 들을 수 없었다
강의 말씀 듣지 못하는 게
우리 농투사니 탓도 크다고
아파하는 이도 더러 있지만
어림없는 추곡수매가에
가을걷이가 끝난 빈 논에서
풍년이라 헐값이 된 배추밭에서

지난 날 강물 소리인 양
깊은 한숨만 들려오는 밤
야수의 심정으로
야수 다카키 마사오 박정희를 쏘았다는
오늘 2013년 10월 26일
누구는 패역이라고 하고
또 누구는 의사라고 장군이라고 하는
김재규 평전을 읽는다
바람 없는 천지에선
꽃이 피지 않는다는 말씀이
여울소리가 대덕이셨던 시절
짝짓기 하던 은빛 모래무지떼처럼
한밤을 푸르게 밝혀 주셨다

4부

풍년의 역설

고영서

꽃이 암만 이뻬도 쳐다볼 겨를 있을랍디여
죽은 서방 생각할 짬이 있다요 저 너른 양파밭 누가 봐도 오지제마는
당최 품삯도 못 건지는 가실 아닌게라우
사방간디 쑤시고 애리다가도 해 뜨먼 벌떡 인나지고
금메, 봄이먼 씨앗을 또 안 뿌리겠소

굉음을 내며 지나간 자리에 하얀 양파가
트랙터 바퀴에 짓이겨진다

싱싱한 수사

권현형

이불을 걷어내자 셋은 생물처럼 싱싱했다

피 한 방울 묻지 않은 깨끗한

세 덩어리를 허름한 노끈이 칡넝쿨처럼

휘감은 채 옆으로 자라고 있었다

극약을 소주에 타 마신 후

타 먹이기 전, 두릅을 엮었을 것이다

열다섯 열일곱 아이들을

학교에 보내주지 못했던 우유배달원은

1.5평 이승의 궤짝 속에서 함께 일어나

함께 양치한 일밖에 해준 게 없어 꼭

아버지 노릇을 하고 싶었을 것이다

오래전 집 나간 아내를 열외(列外)시킬 수 있는

한 두릅의 복수, 한 두릅의 사랑

처음이자 마지막으로 부려본 그들만의 호사를

죽음을 치장한 한가닥 싱싱한 수사(修辭)를
읽다 만 수사학의 가운데 페이지에 방부제처럼 끼워둔다

돋보기

김명환

결국은 돋보기를 썼다
안 보이는 게
불편해서가 아니라
세상을 외면하는
내가 미워서

볼 만큼 보고
쓸 만큼 썼으므로
세상에 눈 감으면
편할 줄 알았다

나이를 먹는 거보다
더 슬픈 건
상처받기 싫어서

사랑하지 않는
나 자신이었다.

여든 즈음에

김사이

    살아 있을까 혹 살아 있다면 어떤 모습일지 곰곰 생각하니 현기증 이
네 월세방 전전하며 롤러코스터에 올라타 있는 인생이 출렁출렁 무슨 수
로 삶을 이어가고 있을지 교환가치나 있을는지 내 사용가치는 무엇이 될
까 삼포세대도 목숨 걸고 살아야 하는 살얼음판에 통장엔 오십만 원도
없는 내 처지는 혁명이 일어나지 않는 이상 그 무엇도 꿈꿀 수 없지 관
값이나 남아 있을지 몰라

    살아야 하는 시간은 연장되었는데 수명이 연장된 것 말고는 달라진 게
없네 나는 노령연금도 최저생계비도 아무것도 받지 못하겠네 목숨이 붙
어 있으니 자릿값으로 세금만 내는 유령일세 사는 동안 열심히 일했던
노력과 뜨거웠던 열정들은 몽땅 뜯긴 채 앙상한 슬픔만 남겠지 태어나는
순간부터 숨 멎을 때까지 아흔아홉 개 몸뚱이들은 하나의 거대한 머리가
정해주는 운명대로 살 수밖에 없는 건지 온전한 내 영혼을 되찾기 위해
분투하다 가는 삶은 얼마나 고독할 것인가 치욕스러운 빈곤에 삭은 몸뚱
이 이끌고 일할 수 있다 치자 먹고사는 데에 평생을 제물로 바쳐야 한다

면 쭉쭉 대를 이어 大머리 하나 살찌우는 제물이 되어 그렇게 흩어지는 삶이라면 빌어먹고 말겠네

기름기를 빼고 홀쭉하게 사는 것도 나쁘지 않아 지리멸렬한 절망으로 또 한 세월 갈 테니 그리 두렵지만은 않네 나는 파랑새가 보고 싶네 잡힐 듯 잡힐 듯 진보의 흑백 같은 파랑새 가까워지지도 멀어지지도 않는 거리에서 춤을 추네 이승에서의 마지막 순간 파랑새를 볼 수 있을까

붉은 동백

나종영

툭, 툭,
동백꽃 진다
어둔 그늘 아래 떨어진 꽃잎이여
저것은 절규, 저것은 산 너머 피울음
붉은 생명줄 위에
한 줄 외마디 *絕命*의 *詩*를 쓴다

저물어 가는 바다에 환히 오는 평화여
이 땅의 슬픈 길 위에
피어나는 서러운 몸뚱어리,
붉은 동백꽃
툭, 툭,
하얀 눈물로 진다

부처님 오신 날 소머리국밥을

맹문재

그리 좋아하지 않으면서도 시장에 들어와
오늘만큼은 살생을 자제하는 게 마땅할 텐데

만물이 존귀하다는 부처님의 말씀을 들어
내 몸의 자비가 필요한데

한 사람의 쉿소리를 외면할 수 없어 씹네

나는 밝히고 싶습니다
그들이 우리를 사탄으로 몰았다는 것을

나는 밝히고 싶습니다
그들이 우리를 빨갱이로 몰고 다녔다는 것을

나는 밝히고 싶습니다
그들이 용역 깡패를 시켜 우리를 폭행했다는 것을

나는 노동자로서 복수하고 싶습니다

복수의 힘을 일으키는 소여, 미안하구나

그래도 산천은 푸르다

박광배

떠다닌 세월 아득하다 하나
새싹 어느새 푸르러
열음 봉긋 탐스럽다

하지만 시절은 타올라
여우꼬리 불 붙겄다
마른 먼지 뒤덮여
뿌랭이 더욱 깊어지겄다

염천천지 걸어서 이곳까지 왔으니
예서 타 죽거나 가다 얼어 죽거나
그래도 산천은 푸르고 푸르다

곧, 비 머금은 바람 불어와

큰물로 쏟아져 떠내려가려니
물 따라 길은 저리로 뻗었는데

어둑신한 강가에 아까부터 서성이는 이
얼음물에 배꼽 적신다
휘적휘적 건넌다
다 건넜다
간다

사릉역의 추억

박일환

—뒤따라오는 ITX청춘열차를 먼저 보내기 위해 3분간 정차하겠습니다
차내 방송을 듣는 사람들의 표정이 묵묵하다
아무렴, 앞질러가는 청춘의 특권을 위해
언제든 양보할 자세를 갖추는 건 아름다운 일이지

마석역까지는 앞으로 세 정거장

사릉에는
단종의 부인 정순왕후가 묻혀 있다지
여든두 해 동안
오로지 단종만 생각하며 살았대서 사릉(思陵)이라는 이름을 붙였다지

청춘열차를 앞서 보낸 전동차 밖으로
가는 봄비가 내리고, 흐릿하게 젖은 풍경을 끌어안은 채

서러운 죽음과, 죽은 이를 잊지 못하는 마음이 빗방울로 아롱진다

역사는 앞질러간 이들에 의해 만들어지는 것
그러니 나는 지금 역사를 뒤쫓고 있는 중이다
천천히 가다 보면 마석 모란공원
비 맞고 서 있을 묘비 앞에 도착해, 잠시 묵념을 올릴 것이다

내가 여든두 해까지 살 수 있을지는 모르지만
잊지 않으며 사는 일의 중요함을 잊지는 말아야겠다고
다짐하는 시간을 가질 것이다

봄비 그치는 날
무덤 가 진달래는 나 몰래 필 테고, 피었다 질 테고
나는 잠시, 청춘열차를 앞서 보내던 사릉역을 떠올리고는
열일곱 단종의 나이를 헤아리다
모든 앞서간 청춘은 슬픈 것이라고 뇌일지도 모른다

불을 지펴야겠다

박철

올 가을엔 작업실을 하나 마련해야겠다
눈 내리는 밤길 달려갈 사나이처럼
따뜻하고 맞춤한 악수의 체온을—
무슨 무슨 오피스텔 몇 호가 아니라
어디 어디 원룸 몇 층이 아니라
비 듣는 연립주택 지하 몇 호가 아니라
저 별빛 속에 조금 더 뒤 어둠 속에
허공의 햇살 속에 불멸의 외침 속에
당신의 속삭임 속에 다시 피는 꽃잎 속에
막차의 운전수 등 뒤에 임진강변 초병의 졸음 속에
참죽나무 가지 끝에 광장의 입맞춤 속에
피뢰침의 뒷주머니에 등굣길 뽑기장수의 연탄불 속에
나의 작은 책상을 하나 놓아두어야겠다
지우개똥 수북이 주변은 너저분하고

나는 외롭게 긴 글을 한 편 써야겠다
세상의 그늘에 기름을 부어야겠다
불을 지펴야겠다
아름다운 가을날 나는 새로운 안식처에서 그렇게
의미 있는 일을 한번 해야겠다 가난한 이들을 위해
서설이 내리기 전 하나의 방을 마련해야겠다

안주와 술맛

서정홍

출근하자마자 작업반장이 갑자기 주문량 늘었다고 철야작업을 해 달라고 해서, 말 그대로 나는 밤새 눈 한번 안 붙이고 철야작업을 했다 아이가. 그런데 작업반장이 출근하자마자 묻더라 카이. 작업량은 다했느냐? 기계 고장은 나지 않았느냐? 비싼 공구는 부러뜨리지 않았느냐? 니기미씨팔, 사람보다 중요한 게 한두 가지가 아이라 카이. 언제쯤 작업반장이 이렇게 묻겠노. 밤새도록 일하느라 얼마나 피곤하냐? 다친 데는 없냐? 야식은 제때 잘 챙겨 먹었냐? 하하하! 내가 괜히 술맛 떨어지는 소릴 했구마. 미안, 미안하이.

용만이 형, 미안하긴 와 내게 미안하요. 더럽고 좆같은 세상 탓이지. 작업반장도 알고 보면 불쌍한 사람이잖소. 먹고사는 일이 만만찮으니……. 그라고 술 마실 때 아니면 우리가 언제 속 털어놓고 누굴 씹겠소. 또 씹을 안줏거리 없소? 씹을 안주가 많아야 술맛이 나지요. 술맛이라도 나야 거꾸로 돌아가는 세상 속에서 중심 잡고 살지 않겠소.

그래서 그런 이야기

유현아

나가 한 삼십 년 전엔 복덕방을 했었재 벌이가 쏠쏠했었당께 근디 워쩐 날 가게 앞에 시꺼믄 자동차가 떠억 주차돼 있는 것이여 워따 상계동은 가난해도 그렇게 똥꾸녕이 거시기하게 가난한 동네였는디 가게 앞에 있는 것이 워처코롬 신기하든지 그란디 차에서 시꺼믄 양복을 입은 사람들이 거시기하게 나오는 것이여 월매 등치는 산만해서 쪼까(아녀, 아녀 드럽게) 무서웠단 말이재 느닷없이 나를 끌고 가는 것이여 거기가 어디냐믄 거시기 남산하고 가차왔는디 내보고 거 뭐시냐 간첩은닉죄라고 하더랑께 하이고야 알고 보니께 거시기 방 얻어준 젊은 놈이 간첩이라는 것이여 나가 간첩인지 아닌지 워치케 알았겄냐 방을 얻어줬기 땜시 간첩은닉죄라고 하는디 워매 환장도 그런 환장이 없었재 나가 아니라고 박박 우겨댔당께 나가 그라도 군대도 지대로 나왔으니께 그것을 봐서 그른가 뭔 각서를 쓰라고 하더랑께 그니께 그 각서가 뭐시냐면 거시기 복덕방 하믄서 집 얻으러 온 사람을 유심히 샐펴개지고 이상한 사람이 있는지 없는지 보고를 하라고 하는 것이여 월마 글면 무서워 죽겠는디 어쩌겠어

근다고 허고 얼렁 쓰고 나와뿌럿재 암만 안 글면 나가 죽을판인게로 꼬꼬박 보고혔재 니미럴 카악 드럽고 치사해부러 긍께 복덕방 문을 닫아뿌럿당께 그놈만 아니면 나가 이렇게 살든 않았을 틴디

깜장색만 보면 왼쪽 가슴 여가 절절 끓는 거시기랑께 참말로 거 뭐시냐 앰부란스 소리만 들어도 철렁철렁햐 죄 진 것도 없는디 카악 그 젊은 놈 인물은 좋아개지고 일본 사는 지 엄니가 돈을 부쳐줬는디 북서 건너온 돈이라고 혔다는디 그 말이 참말인지는 나도 모르재 근디 그 놈은 잘 있겠재

니한티만 하는 야긴께 딴 데 가서 일절 하덜 마 웜메 단풍이 붉그레죽죽형께 거시기혀고 언능언능 드가봐라 나가 말이 많았재

내 몸만 모른다

이한주

들쑥날쑥 출근시간
낮 밤이 바뀌고
밥 먹는 시간 따로 없이
손님들의 요구를
온몸으로 받아 적어야 하는
전동차 승무원
고객님의 건강이 가정의 행복이라는
안내방송을
하루 세끼 꼬박꼬박 챙기면서도
정작 내 몸만 모른다
25,000볼트 전차선 아래
대롱대롱 매달려 있는
만성피로 위궤양

불볕지옥

조호진

덥긴 더워도
오매 덥다고는 말아
곰팡내 퀴퀴한 월셋방에선
척추 장애인이 무간옥을 살고
단칸방에선 조선족 할머니가
중풍 든 딸과 사투를 벌이는
가리봉 벌집은 불지옥보다 뜨거워
필리핀 조선족 스리랑카 아이들이
주검처럼 뒹구는 가리봉 벌집에선
엄마 나 좀 살려줘! 폭염에 휩싸여
아우성 비명인데 구조구급도 않고
에어컨 틀어놓고 태연하게 지내는
서울특별시의 이런 끔찍한 불볕지옥

한밤중의 신강화학파*

하종오

논물 댄 날부터 저녁에
개구리들이 울어대자
밤마다 한자리에 장시간 모여
강화에서 농사지으며 살아남는 법에 대하여
갑론을박하던 신강화학파 중에서
혹자는 저들이 울음소리로 논바닥을 넓히는 중이라고 하고
혹자는 저들이 울음소리로 논둑을 트는 중이라고 하고
혹자는 저들이 울음소리로 자신들이 논의 주인이라 우기는 중이라고
했다

신강화학파보다 더 큰 소리로
개구리들이 한밤중에 울고 있다면
제 목소리 내는 무리를 이룬 게 틀림없으니
같이 대화해 보자고 했으나

문제는 신강화학파의 말과 개구리의 말이
달라도 너무 달라서 의사소통할 수 없으므로
앞으로 한밤중엔 입 다물자는 결론을 내고 말았다

개구리들도 신강화학파 못지않게
목청을 높일 수 있고
토론을 즐길 수 있고
주장을 펼 수 있다는 걸 인정한
신강화학파는 강화에서 살아남으려면
논물을 대기 전에
작은 논뙈기를 넓게 갈 줄 알고
자기 논뙈기를 남의 논뙈기에 이을 줄 알고,
주변 논뙈기의 주인을 알아볼 줄 알아야 한다는데
대체로 의견 일치를 보고 개구리들 울음소리를 들으며 흩어졌다

＊'강화학파(江華學派)'는 강화도를 근거지로 양명학을 성취하면서 실학파에 영향을 주기도 한 지식인들이었다.
하지만 내 시에서 말하는 '신강화학파'는 그분들과는 달리 올봄부터 내가 강화도에서 자발적인 유폐생활을
시작하면서 만난 평범한 주민들을 상징한다.

전봉준이 호세마르티에게

한도숙

호세 마르티여! 카리브해의 진주여!
너의 피가 흘러 땅을 적시매
혁명의 씨앗이 땅에 떨어지매
곧 자주의 기둥 바람맞는 대지를
평등의 이파리 말라가는 초원을
혁명의 핏빛으로 적신 걸
호세 마르티, 자네는 짐작했는가

호세 마르티여 여기 조용한 아침의 나라
보국안민의 목마름으로 죽창 봉기한
척양척왜 몸부림으로 분기 창의한
나, 봉준이 묻노니
제국주의 침탈에 수렁으로 빠져드는
조선의 운명 앞에 선 내가 묻노니

호세 마르티여!
너의 성공한 독립과 혁명이라 불리는, 그래서
혁명의 나라라 불리는 쿠바 민중이
황토현 고개 먼지 날리는 승전보에
들썩이는 조선의 민중이
무엇이 같고 무엇이 다른 것인가

호세 마르티여!
나, 봉준이
아직도 볏가마 쌓고
보국안민 외쳐대는 저 농투산이들이
장난 같은 상자곽에 상추 농사짓는 쿠바 민중과
어떻게 다른 건지
그것 참 궁금하네

소득이 몇 만 달러라고 하는 나라에
척양척왜 FTA 머리띠 맨 농민들이
몇 천 불도 안되는
오가노포니코 농사에 푹 빠진 쿠바농민과
무엇이 다른 건지
궁금하기 짝이 없네

그것이
전장에 숨진 너와 형장에 스러진 나와

그런 차이인가
태평양의 조선에서 대서양의 쿠바
까마득히 먼 거리를 돌아
까마득히 먼 시간을 돌아
호세 마르티에게 봉준이 물어보네

＊호세 마르티는 쿠바의 독립,혁명영웅. 전봉준보다 한 살 아래로 둘 다 1895년 사망. 전봉준은 교수형, 호세
　마르티는 전사. 동시대 이쪽과 저쪽에서 제국주의에 항거한 사람들.

금강하구언, 차고 높은
— 금강 2

함순례

올겨울 들어 가장 춥다는 날
매서운 바람에 맞서 걷는 나포길
강바람은 한 차례씩 눈보라를 일으키고 있었다
철새들이 떠난 얼음강
강바닥 깊은 곳에서 쩌엉 쩡—
강물이 우는 소리 들려왔다
낮게 내려와 그 소릴 받아 적는 하늘빛 어두웠다
우린 왜 비틀거리며 이 길을 걷고 있는지
가창오리 보러 와
가창오리가 남기고 간 강바람
온몸 부르르 떨며 받아 적는지 몰랐지만
서로가 서로의 바람막이가 되어
견딘다는 거
위험에 처한 사람을 외면하지 않는

시베리아 사람들처럼
바짝 어깨 겯고 온기를 나눈다는 거
우리가 그랬다
사대강 사업으로 뒤틀린 금강 자락
차고 높은 나포길에서
우린 사이좋게
장딴지에 힘주고 칼바람을 밀고 나갔다

5부

짧은 시 놀이-질문

공광규

내가 아는 가장 짧은 시는
프랑스 시인 르나르가 쓴
「뱀」
"너무 길다"

내가 아는 한 노동자는 이렇게 말했다
「배」
"고프다"

다른 노동자는 이렇게 맞장구쳤다
「돈」
"없다"

또 다른 노동자는 어떻게 말했을까?
「   」
"   "

일주일

김경인

불을 밝히자
어둠 속에서 식물이 깨어났다

"일주일에 한 번 충분한 물을 줄 것"

시든 꽃은 늙고 병든 입술과도 같다
충분함이란 무엇이지? 내가 묻자
대답 대신 그것이 뚝 떨어졌다

오늘자 신문은 말한다, 충분함이란
세계가 웨하스처럼 아삭아삭 부서지고
여기 불탄 망루 잿더미를 갈아엎으며
금세 솟아나는 위대한 주차장 같은 것

씨앗을 심듯 죽은 사람들의 이빨을 묻는다면
철로 무장한 수천 군사처럼 이야기는 우수수 돋아나나
그러다 밤새 목마 속에서 죽어간 가여운 병사들처럼
황금 도시의 입 속으로 단숨에 사라지나

오늘의 장례와 내일의 축가 사이
무엇일까, 한 컵의 물 혹은 한 줌의 영혼이란

돌아갈 수 있습니까 당신은? 그러나
나의 일주일은 다만 충분한 물과 함께

어떤 침묵도 다 이해한다는 듯
식물처럼

소풍

김성규

오늘 오랜 망설임 끝에 죽음이 완성되었다

구름은 지구의 눈꺼풀이다 지구가 눈을 떴다
감을 때, 어둠속에서
몸을 웅크리고
지구의 울음소리가 창밖으로 쏟아지는 소리를 듣는다

사람들이 몰려와 모포로 그의 몸을 감싸고
타다만 고깃덩어리로 변한 사지가
하얀 접시처럼 달려온 앰뷸런스에 담겨 실려갈 때

나는 왜 침이 넘어갔을까 냄새를 맡으며
그가 죽은 자리
핏자국을 지우러 구름이 몰려온 것인데,

나뭇가지마다 빗방울만한 싹이 돋고
밀치고 다투며 계곡으로 흘러
지구의 눈물이 바다를 가득 채우는 날

아이들은 신이나 모래사장을 뛰어다닐 것이다
파도가 칼질을 시작하자
소풍 나온 가족들이
해변에 앉아 접시에 담겨 온 고기에 불을 붙인다

잘 익지 않고 맛없는
자기 몸을 구울 때
종로 한복판에서 나는 왜 침이 넘어갔을까

타다 만 연기가 하늘로 올라가
눈이 매운 지구가 눈을 떴다 감는다
파도가 바위를 썰며
지구가 우는 소리를 들려준다

공포에 질린 가족들이 칼질을 멈추고 하늘을 본다

미지와 기지*

김현

우리는 그곳에 가본 적이 없다
우리는 그곳에 가본 적이 있다

우리는 가지 않고 간다
미지가 이를 가능하게 한다
미지는
모든 불가능성을 획득한다

우리는 미지에서 한때
바다의 목소리를 찾는 모험을 꿈꾸고
우리는 미지에서
서남쪽 섬으로 항해하라, 은빛 돛을 펼치고

---

*기지의 바위가 말하길, 오래전부터 이곳의 주인은 우리였으니 너희의 두 발이 떠나야 하리라.

우리는 미지에서 누구나 부를 수 있는
뱃노래를 부르지
미지에 포함되어서야
비로소 우리는
삶과 죽음의 신비를 어리석게 깨닫고

바다는 미지의 영역이다 섬은 미지의 영역이다 평화는 미지의 영역이다

인간이 함부로 발을 들여놓을 수 없는 구역
그것이 미지다

바다는 얼마나 더 넓어질 수 있을까
섬은 어딘가를 더 떠돌 수 있을까
평화는 어디까지 더 평화로워질 수 있을까
인간은 언제쯤 인간이 될 수 있을까

우리는 미지를 향해
현명하게
아직 알지 못하는 자들

너희,
생명을 개발하고
자연을 신설하고
평화를 경영하는

똑똑하게
이미 다 아는 자들이여
영혼이 있다는 것은

우리가 죽도록 죽이지 말자 하는 것은
너희가 죽도록 죽이자고 하는 것은

바다가 아니다 섬이 아니다
생물과 무생물이 아니다
평화가
아니다

인간이 처음 생겨난 모든
공간이다
사람을 사람이게 하는 저 먼
모든 시간이다

우리는
태어날 때부터 선언한다
미지로 돌아가기 위해
우리는 영원히

회귀한다
과거인 현재에서

현재인 현재에서
미래인 현재에서

아름답게 추한 항구를
평화를 위한 폭력을
현명하지 못한 현명을
기지의 미지를
우리는
돌이킨다**

**미지의 천사가 속삭이길, 내 너희에게 망각을 불어넣으니 너희의 두 발은 진실을 따라가게 되리라.

배반

박상률

그 옛날, 소비에트사회주의공화국연방의 총리 흐루시초프가 중화인민공화국의 총리 주은래를 만났을 때의 일이렷다. 주은래를 만난 흐루시초프, 한껏 우쭐해 하며 거들먹댔디야. 주은래 당신은 말야 나하곤 애초에 출신 성분부터 다른 사람이오. 당신은 좋은 집안에서 태어나 공부도 많이 하고 외국 유학까지 다녀오지 않았소? 어쩌면 귀족처럼 자란 사람이오. 하지만 난 광부의 자식으로 태어나 일찌감치 노동자 생활을 했소! 이에 주은래 가로되, 그건 당신 말이 맞소. 근데 당신과 나 사이에도 공통점이 하나 있긴 하오. 그건 바로 우리 둘 다 출신 계급을 배반했다는 것이오! 흐루시초프가 무슨 말을 더 했을끄나? 그때 주은래는 진작부터 인민의 벗이라 일컬어지고 있었디야. 그가 죽었을 때 보니, 재산도 없고 자식도 없었디야. 땅덩이가 커 인구도 세계에서 가장 많은 나라를 대표한이가 그 흔한 '사람 새끼' 하나 없었다니!

금지된 새
– Forbidden forest*

박시하

폐허는 잊혀지지 않고
단단히 남았다
그들이 날아가 버린 후
둥글게 어두워진
밤 속의 밤
영원히 멀어지는 지평선
상실의 옅은 피부
무엇도 숲이 되지 못했다
무성하게 비어있는 그림자와
지워진 손바닥들이
파랗게 묻어났고
검은 날개 아래
둥글게 벌어지는 어둠
눈 속의 눈

아주 천천히
아주 빨리
열쇠의 굴곡이
세계의 가장자리에서 굳고 있었다

＊안지미, 이부록 2인전 〈금지된 숲〉.

평화라는 이름의 칼

— 엘살바도르의 오스카 로메로 대주교는 정의가, 마치 뱀처럼, 오직 맨발인 사람들만을 문다는 것을 발견했다. 그는 자기 나라에서 가난한 사람들은 시초부터, 즉 태어나면서부터 저주받고 공격받는다는 것을 공개적으로 말했고, 그 때문에 총을 맞고 죽었다.(에두아르도 갈레아노, 『녹색평론』, 「정의의 여신은 왜 눈을 감고 있는가?」, 2013년 11~12월호, 14~15쪽, 김정현 옮김.)

안상학

세상에는 외면적인 사람들과 내면적인 사람들이 있다. 다시 말해서, 세상에는 칼을 밖으로 휘두르는 사람들과 안으로 들이대는 사람들이 있다는 것이다. 세상은 이 두 부류가 싸우면서 살아가는 공간이다. 평화라는 말의 현실이다.

이런 싸움은 늘 세상이 곧 끝날 것 같은 상황으로 치닫기 일쑤지만 가까스로 유지되는 까닭도 이들 중 극소수의 별종들이 있기 때문이다. 한쪽은 밖으로 휘두르던 칼끝을 돌려 자신에게 향하는 사람들을 말하고, 또 한쪽은 안으로 들이대던 칼을 뽑아 밖으로 휘두르는 사람들을 말한다.

그러나 이보다 더 큰 까닭은 정작 따로 있다. 바로, 보이지 않게, 없는 듯 있는 듯 살아가는 부류의 사람들이 있기 때문이다. 평소에는 맨손인 이들인데 어떤 위기 상황이 닥쳐오면 어디서 생겨난 것인지도 모를 칼을 떨쳐들고 나선다. 이들은 대체로 비수를 품고 살았거나 가슴 속에 비수가 있는지도 모르고 살았던 사람들이다. 그냥 두면 죽을 때까지 그렇게 살, 소위 법 없이도 살 사람들이다. (하지만 이들 중 대부분은 자신의 칼을 미처 인식하기도 전에 평화라는 이름의 칼에 의해 학살당했다. 평화를 가장한 평화라는 이름의 칼이 언제나 한 수 빠르기 때문이다.)

이 모든 유형의 사람들은 지금도 끊임없이 재생산되고 있다. 이러한 현상은 엄밀히 말해서, 세상에는, 유사 이래로, 온전한 평화가 일순간도 없었고, 또한 앞으로도 무한 지속가능하리라는 불길한 진리를 반증한다. 이것은 또한, 지금도, 도처에서, 터무니없는, 평화라는 이름의 칼이 끊임없이 확대재생산 되고 있다는 방증이기도 하다.

평화로운 세상이란 사람들의 입으로 골고루 밥을 떠 넣는 숟가락 한 자루를 간직하는 것을 최선으로 한다. 정녕 골고루가 힘들면 밥은 차치하고라도 최소한 그 숟가락 한 자루 정도는 사수하는 것을 차선으로 삼아야 한다. 아무리 힘들더라도 절대, 평화를 가장한, 평화라는 이름의 칼, 그 칼날에 배식을 맡기는 멍청한 짓은 하지 말아야 한다. 지금처럼, 칼날로 푼 밥 앞에 입을 벌리고 있는 작금의 우리들 세상처럼.

금은 금이기 위해

오철수

금은 금이기 위해
쇳덩어리를 부정하지 않는다

인간해방의 길은
다른 길을 부정하는 데서가 아니라
스스로 긍정하는 데서
자기 몸을 가르는
발끝부터

가슴으로 생각하고
온몸으로 돌진하며
낡은 것을 깨뜨려 새롭게 창조되는 것
친구들, 금은 금이기 위해
쇳덩어리를 부정하지 않는다

자기를 긍정하며 외친다. 오라, 생이여!
이미 해방은 와있었으니
저기가 아니라 지금, 여기!
너희 머리 속에 붉은 심장이 자라게 하라

小寒

유용주

고라니가 캥캥 우는
산골 추위 한번 맵구나

봉화산에서 내려오는 물소리 들리지 않는다

물이 얼면 소리가 막히는 법,
이 겨울, 누구를 비난할 것인가

계곡은
밖으로 풀어지는 마음을
안으로 싸안고 겨울을 견딘다
침묵을 채찍질한다

소리가 막히면 바람이 먼저 어는 법,

얼음장 밑으로 흐르는 물은
세상 가장 낮은 말씀이시다

봄은 실패해도 좋을 역성혁명인가

무혈 입성하는 저들을
두 손 놓고 바라봐야 하나

말이 막히면 만백성이 어는 법,
흰옷 입은 사람들 흘린 피
겨울잠 자고 있다
꿈결까지 따라오던 물소리 꽝꽝
얼어붙었다

우수 경칩은
어느 바다에서 상륙한 모국어인가

구름마저 말을 잃어
하늘이 무연고 시신으로 떠내려 오는 머나먼 이곳,
아침의 나라,
동방의 저 차디찬 불빛

백서(白書) 2

– 죽음은 살아 있어야 한다

이문재

죽음은 살아 있어야 한다
사십구 일은 살아 있어야 한다
적어도 일 년에 사나흘
기일 전후만큼은 다시 살아 있어야 한다

죽음이 살아 있지 못해서
삶이 이 지경이다
죽음이 죽음과 함께 죽어서
살아 있음이 이토록 새카맣다
삶의 정면이 이토록 캄캄하다

죽음아 죽음들아
홀로 죽어간 죽음들아
홀로 죽어서 삶을 모두 가져간 죽음들아

삶을 되돌려주지 않는 죽음들아
뒤도 돌아보지 않는 죽음들아

죽음은 살아 있어야 한다
죽음이 살아 있어야 한다
죽음이 우리 앞에 살아 있어야
우리 삶이 팽팽해진다
죽음이 수시로 말을 걸어와야
우리 살아 있음이 온전해진다

죽음을 살려내야 한다
그래야 삶이 살 수 있다
그래야 삶이 삶다워질 수 있다
그래야 삶이 제대로 죽을 수 있다

죽음을 살려내야 한다
죽음을 우리들 앞으로 우리들 양 옆으로
우리들 삶의 안쪽으로 모셔와야 한다

최후의 만찬

이민호

    플라스틱 우리 속으로 쓰윽 손을 넣어 재빨리 채면 어느 놈은 다리가
부러져 바닥에 나뒹굴고 또 어떤 놈은 드러누운 채 바동거리고

    그때쯤 혀뿌리를 날름대며 스윽 다가와 순식간에 바득바득 모조리 씹
어 삼키면 검은 액체가 방바닥에 흩뿌려져 튕기고 비린 냄새 가득

    죽는 것보다 마음이 더 아프다*는
그날 저녁
귀뚜라미 우리 속으로 목도리도마뱀을 잔인하게 밀어 넣었다

＊한진중공업 청년 노동자의 유서에서.

성냥팔이 소녀가 마지막 성냥을 그었을 때

이설야

성냥 한 개비를 켜면
눈먼 어린 소녀가 덜덜 떨며 울고 있습니다

성냥 한 개비로 촛불 하나를 켜면
거기 망루에 얼어붙은 다섯 그림자가 상여를 밀어 올리고

또 성냥 한 개비 그어 촛불들을 옮겨 붙이면
높은 사다리 위에 선 그녀가 멀리 타전하고 있습니다

금간 벽에 부러진 성냥 한 개비 긋자
벽 속으로 뛰어 들어가는 사람들
붕대를 감은 그림자들이 재개발 상가 입구에 멈추고
성냥개비를 입에 문 늙은 소녀들이 지하도로 숨다가 멈추고
꽃들이 피다가 멈추고, 새들이 날다가 멈추고

돌아보니 아무도 없고, 저 혼자 피었습니다

무궁화꽃이 피었습니다

무너져 내리는 벽 속을 뛰쳐나와 누군가 마지막 성냥을 그었을 때

저기 멀리 불붙는 광장에 눈먼 소녀 머리카락이 보일락 말락

묵자의 노래

이수호

네 이웃을 내 몸같이 사랑하라
예수 나기 400년도 더 전 중국 전국시대에
검은 옷에 검은 얼굴 사내가
외치고 다녔다는데
그 사내 말할 것도 없고
그를 따르던 무리들도 모두
얼굴에 먹줄을 넣었는데
감옥살이 표시더라
예나 지금이나 감방 차지는 따로 있었으니
바른 말하고 잘 나서고 돈 없는 놈이구나

그 사내 늘 겸상애 교상리를 흥얼거렸는데
요즘말로 하면
세상 모든 사람을 차별 없이 사랑하고

서로 힘을 모으고 이익은 골고루 나눠라
뭐 그쯤이라 보면 되겠지

마침 힘센 초나라가 작은 송나라를 치려 하자
그 사내 목숨 걸고 초왕을 만나
겨우 침략을 막고 돌아오던 중
송나라를 지나는데 비가 쏟아져
어느 마을 처마 밑에서 비를 피하는데
그 집 문지기 비키라고 소리치며 내쫓으니
그 사내 아무 말 않고 그냥 껄껄 웃으며
네가 모르니 네 잘못이 아니지
했다는데

오늘 문득 그 사내가 그립네

무극(無極)

이종수

세상은 어디로든 기울지 않는 게 아니란 말
무극에서 본다
생극(笙極)옆 금왕(金旺), 사연 없는 사람은
들어오지 못하는 무극
스물아홉에 과부 되어 스뎅숟가락 장사
동동구루모 장사해서 벌어 살다
아들은 덤프트럭에 깔려 반편이 되고
일본에서 식당해서 돈 좀 벌어 나오렸더니
쓰나미 맞아 쑥대밭 되고, 사고로 식물인간 된 아들에
5년째 집 나가 소식 없는 며느리
아무도 돌봐 줄 사람 없는, 착한 사람이
복 받는다는 말은 거짓말
별 부스러기들은 다 무극에 와 떨어진다
불쌍한 사람들의 죄는 가릴 몸 없이

감옥이 된, 몇 개의 장기를 부려놓는
정류장에서 서로를 검열한다

어제는 등을 휘며 울어 보채는
혼혈의 아이를 안고 복도를 지나는 따이안이
낯설게 웃었다, 무극의 울음이었다
장기를 다 내놓은 웃음
고통의 맨얼굴은 돼지머리처럼 웃는 듯 보일 뿐이다
꽃이 피는 순간을 볼 수 없고
지는 순간을 볼 수 없는, 무극의 접점이다
고통 또한 권력과 같아서
무극의 노예로 만든다
권력을 갖지 못한 자들의 유일한 권력은
고통을 던져주고 떠나는 것
칼을 던지는 꽃이다
꽃들이 서로의 전개도를 젖히고 통점에 던지는,

속속들이 몸을 열어젖히는 호구조사관들이여
링거를 꽂는 간호사는 고통을 관장하러
문을 벌컥벌컥 열어제낀다
버려진 고통은 303호 문처럼 열고 닫는
절차를 잃어버린 지 오래다
고칠 수 없어 매뉴얼이 된 지 오래여서
어떻게 쓰다듬고 관장해야 하는지 아는

간호사들은 늘 반말이다 옛이야기에 나오는 여우처럼
간을 꺼내간다
팔 다리로 시작하여 장기로 퍼지는
6인실 병실마저 권력의 교화소이자 감옥
싸우지 못하고 훈육되는 황혼의 고통
코드가 뽑힌 선풍기를 집어 삼킨 나무처럼
못을 박고 있는 몸을 보라
그러면서 하나의 각인도 없는
가냘프다 못해 거룩할 뿐인,
한 번도 고통의 칼날이 몸을 찢고 들어오는 길에
본능적으로 궁극적으로 아로새기지 못한
고통은 늘 이렇게 불려다니고
관리당하고 검열당하고 훤히 읽히면서도
권력을 숭배하는 자세에만 길들여진
꽃처럼, 스스로 어루만져 줄 수 없는
언제나 북동쪽으로 기울어 있는 못과 같아
망치를 받으면 엇나갈 수밖에 없다
머리를 짓이기는 고통마저도 넘나들어야 하는,

구부린 채 박힌 쇠의 웃음인 것을
무극에 와서 본다

동물의 왕국

임동확

이만하면 벗어났을까

겁먹어 커진 동그란 눈
길다란 두 귀 쫑긋 세운 채
모둠발하며 주위를 살피는 순간
산토끼 한 마리
여지없이 눈 밝은 매의 먹이가 된다

보폭을 크게 할 수 있도록
길게 뻗은 네 다리와
가벼워 빨리 움직일 수 있는 정강이
그리고 오래 달릴 수 있도록
잘 발달된 넓적다리 근육밖에 없는 수누우
잠시 대열을 이탈해 급히 삼킨

풀과 나뭇잎들을 되새김하고 있는 사이
배고픈 암사자 떼에 둘러싸인다

때로 집단으로 대항해보기도 하지만
결국 도망치는 재주밖에 없는,
그것밖에 달리 선택할 도리가 없는
초식동물들이 날카론 송곳니에 목을 물린 채
허우적거리는 모습이 클로즈업된다

저보다 힘센 동물의 먹이라도 빼앗으려 드는
저 하이에나 같은 맹목과 집착,
썩은 살점이나 먹다 남은 뼈다귀를 마다하지 않는
저 대머리 독수리 같은 슬픈 식욕의 역사 속

마치 강한 자만이 살아남는다고
그것만이 상책이라는 듯
TV는 자꾸 제 새끼들을 위해
나무 위로 사냥감을 끌어올리는
표범의 모성애를 강조하고 있다

늙고 병들거나 힘이 다해 대신 죽어간
동료들 때문에 노략자들을 면전에 둔 채
잠시나마 태연한 척 풀을 뜯는 동물의 왕국

살아남은 자가 강한 자라고
그렇지 않느냐고 동의를 구하며
TV는 오직 살아남기 위해 진화를 거듭해온
육식동물들의 놀라운 사냥술을 보여주며.

닭발

조혜영

김 선배는 술안주로 닭발을 아주 좋아한다며
흡족한 침을 꿀꺽 삼킨다
정 선배도 닭발을 어금니에 물고
힘껏 살과 뼈를 분리하며 만족해 한다

난 닭발을 보면 잘린 손목이 생각나요
자꾸 5공단의 프레스공장 떠올라서
숨이 멎을 듯해요

퉁퉁 불려 빨간 고추장을 발라 놓은 닭발은
콘크리트 바닥에서 파닥대던 손목 같아요

소주 한잔 들이켜고 닭발 한입 물고
흡족해 하는 선배님

닭발만은 먹지 마세요

잘린 손목 치켜들고 눈에 핏발 세우다
구급차에 실려 가던 5공단의 동료가 생각나요
닭발만은 제발 먹지 말아요

저런!
아무 개념 없이 웃고 있네요
우리 더는 만나지 맙시다

오래된 이야기

진은영

옛날에는 사람이 사람을 죽였대

살인자는 아홉 개의 산을 넘고 아홉 개의 강을 건너

달아났지 살인자는 달아나며

원한도 떨어뜨리고

사연도 떨어뜨렸지

아홉 개의 달이 뜰 때마다 쫓던 이들은

푸른 허리를 구부려 그가 떨어뜨린 조각들을 주웠다지

조각들을 모아

새하얀 달에 비추면

빨간 양귀비꽃밭 가운데 주저앉을 듯

모두 쏟아지는 향기에 취해

그만 살인자를 잊고서

집으로 돌아갔대

그건 오래된 이야기
옛날에 살인자는 용감한 병정들로 살인의 장소를 지키게 하지 않았다

그건 오래된 이야기
옛날에 살인자는 아홉 개의 산, 들, 강을 지나
달아났다
흰 밥알처럼 흩어지며 달아났다

그건 정말 오래된 이야기
달빛 아래 가슴처럼 부풀어 오르며 이어지는 환한 언덕 위로
　　나라도,
　　　　법도, 무너진 집들도 씌어진 적 없었던 옛적에

2013년, 한국 저항시의 면모들

이성혁 문학평론가

1

알다시피 유신 시대로 회귀하고자 하
는 세력이 정권을 잡고 있는 2013년 후반의 한국에서는, 독재 체제에서
나 일어날 수 있는 여러 현상들이 일어나고 있다. 제반 사회적 민주주의
가 국가기관에 의해 압살되고 있다. 더 우려할 만한 일은 국가기관이 파
시즘을 유포하고 있다는 점이다. 파시즘은 국가 체제만을 가리키지 않는
다. 파시즘은 사람들의 자발적 예속—자기 자신이 억압되기를 욕망하
는—을 밑바탕으로 하여 성립될 수 있다. 사람들이 억압을 받아들이고
심지어 그 억압으로부터 편안함을 느끼며, '공공의 적'을 증오하면서도
모든 사회적 결정을 그 적을 진압할 지도자나 국가에 맡기려는 심성에
사로잡힐 때 파시즘은 성장한다. 지도자나 국가에 자신의 주체성을 의탁
하고, 위에서 결정된 바에 순종하며, 삶의 열정을 권력이 허구적으로 설
정한 적에 대한 증오로 치환할 때 파시즘적 주체가 탄생한다. 사람들이
국가기관에 의해 유포되는 파시즘의 가스에 중독되고, 그렇게 탄생한 파

시즘적 주체의 욕망을 국가기관이 뒷받침할 때 사회 전체는 파시즘에 포획된다.

그렇다면 현재의 시국은 엄중하다고 하지 않을 수 없다. 한국 사회를 파시즘이 점령하느냐 마느냐의 문제에 봉착해 있기 때문이다. 그런데 파시즘은 합리적이고자 하지 않기에 문제의 해법을 찾기가 더욱더 어려워지고 있다. 한국에서 파시즘의 비합리성은 '종북좌빨' 담론에서 잘 나타난다. 그 담론은 정치적 반대자를 무조건 '종북좌빨'로 몰아간다.(이러한 파시즘적인 '종북좌빨' 놀이가 바로 국가의 정보기관에 의해 유포되었던 것, 그 기관은 대북 심리 전술을 국내 국민들에게 펼쳤던 것이다!) 물론 이러한 담론을 펼치는 이들은 극소수라고 말하는 사람도 있을 것이다. 하지만 그들이 극소수라고 하더라도, 그들의 담론은 파시즘의 공기를 유포하여 이성적인 토론을 무력하게 만들고, 파시즘적인 여론을 형성하여 정부의 막가파식 정책과 민주주의 파괴를 정당화하는 효과를 만든다. 반대 의견이 정권에 의해 철저히 무시되는 상황에서 반대 의견을 내는 사람들은 점차 무기력을 느끼게 될 것이며, 저항은 현 정치권력의 털끝 하나 건드리지 못할 뿐이라는 무력감이 사회 전반에 팽배해질 것이다.

이러한 무력감이야말로 파시즘을 유포하고자 하는 정치권력이 간절히 원하는 바다. 그래서 우리에게 파시즘과 무기력의 분위기에 저항할 수 있는 주체성의 형성이 중요한 문제로 다가온다. 주체의 몸과 정신 깊은 곳에서부터 저항의 힘이 충전될 수 있도록 자율적인 주체를 형성하는 일이 필요한 것이다. 구체적인 삶과 저항의 논리가 괴리되지 않을 때, 저항의 기반은 든든해질 것이다. 그리고 그때의 저항은, 만인이 주체성을 지니고 타인과 연대하여 살아가는 사회 전반의 민주주의 구축과 관련을 맺게 될 것이다. 이러한 진정한 민주주의의 구축은 현재 유포되고 있는 파시즘의 가스를 정화하기 위한 필수불가결한 과정이다. 이 진정한 민주주의는 차이를 통한 보편성의 구축을 통해 이루어진다. 보편성은 미리 주어진 것이 아니다. 보편성은 생명의 힘에 따라 삶을 더 풍요롭게 하고자 하는 활동에서 생산된다. 생명의 힘이 이루어내는 특이성들이 다른 특이성들과 결속할 때, 생명에 따르는 삶의 보편성은 더욱 풍요롭게 구축된다. 생명은 이러한 삶의 활동을 가로막고 파괴하는 권력에 저항하는데, 그래서 저항은 보편성을 구축하는 과정의 일부이기도 한 것이다.

1987년 민중의 항쟁을 통해 획득한 절차적 민주주의마저도 훼손되고 있는 현 국면에서, 파시즘의 해독제로서 시가 더욱 절실해지고 있다. 시는 주체성을 자율적으로 형성하는 '기계'가 될 수 있으며, 보이지 않는 것을 보이게 하고, 권력에 의해 규정된 '감각적인 것'을 재구성하며, 정동(情動)의 '생산적 유통'을 통해 진정한 민주주의의 구축에 작동할 수 있다. 또한 이러한 작동을 통해, 시는 정치권력뿐만 아니라 사회 제반 권력에 저항할 수 있는 힘을 비축하는 데 사용될 수 있다. 그래서 시의 저항은 파시즘화 되고 있는 사회에 대한 저항의 기반을 다지기 위해서라도 어느 때보다 요청되고 있다. 일군의 한국 시인들도 현재 이를 잘 인식하고 있다고 여겨진다. 그들은 각자의 시선과 방식으로, 민주주의의 후퇴를 저지하고 진정한 민주주의로 나아가기 위한 시적 고투를 벌이고 있는 것이다. 그들의 시는 민중의 삶을 파괴하는 온갖 권력에 맞서 말로써 항의하고 저항하는 동시에, 민주주의의 보편성을 구축해나갈 수 있는 잠재성을 형성한다. 이러한 한국 저항시의 현재를 보여주고 있는 시집이 여기 당신 눈앞에 있는 '2013년 저항시 80인 선집' 『우리 시대의 민중비나리』이다.

2

『우리 시대의 민중비나리』는 백기완 선생이 발의하여 펴내게 되었다. 모두 알다시피 팔순에 들어섰음에도 불구하고, 지금도 백기완 선생은 어느 젊은이 못지않게 투쟁 현장의 맨 앞에서 구호를 외치고 연단에서 사자후를 토한다. 백기완 선생은 원래 시인이었다. 문단에 등단하고 시인이라는 이름이 공인되었기 때문에 시인이라는 것이 아니라, 천성이 시인이었던 것이다. 시가 권력의 억압과 통제에 저항하면서 권력 장치를 파열하는 생명의 힘이 말과 몸짓으로 표현될 때 발현된다고 한다면, 백기완 선생의 평생에 걸친 저항 행위는 시적인 것에 바탕을 두고 있다고 말할 수 있다.(물론 백기완 선생은 『이제는 때가 왔다』나 『젊은 날』, 『아, 나에게도』 등의 개인 창작시집을 펴낸 엄연한 시인이다.) 실질적인 민주주의만이 아니라 민주 민중 항쟁을 통해 획득했던 민주주의적 장치까지도 파괴되고 사람들이 절망에 빠져 죽음으로 향해가는 현재의 야만적 국면에서, 천성이 시인인 선생은 시와 문학 예술이 앞에 서서 저항의 목소리를 냄으로써 위축된 민주주의에 생기를 다시 불러일으키는 전기를 마련해야 한다고 생각하셨다고 한다.

이 일환으로, 백기완 선생은 송경동 시인을 통해 당신이 직접 지은 시를 낭송하고 후배 예술인들과 연대 공연을 하는 마당을 마련해보고 싶다는 뜻을 밝혔고, 이 뜻을 따르는 많은 동료들의 도움으로 '백기완의 비나리' 라는 이름의 시낭송회를 열게 되었다. 그런데 선생은 저항에 뜻을 같이 하는 동료 문학인과 예술인들이 함께 하는 행사가 되었으면 더 의미가 있을 것이라는 의견을 냈고, 그래서 시낭송회에 맞추어 선생의 뜻에 공명하는 시인들의 근작 시를 한 편씩 받아 이 '2013년 저항시 80인 선집'인『우리 시대의 민중비나리』를 펴내게 된 것이다.(이러한 형태의 '저항시 선집'은 2014년에도, 그리고 그 이후에도 계속 발간될지 모른다.) 선생에 따르면, '비나리'란 글 모르는 무지렁이들이 몸으로 만든 시로써, "생명 아닌 것이 생명을 죽이는 것에 대한 생명의 몸부림"인 저항의 문학이라고 한다. 비나리의 정신이란 바로 저항의 정신이라는 것, 이 시낭송회 '백기완의 비나리'와 시집『우리 시대의 민중비나리』의 표제는 시와 저항이 결속되는 장소를 마련한다는 의미를 담고 있다.

　이 시집은 백기완 선생의 뜻을 전달받은 시인이 자발적으로 보낸 시편들로 이루어져 있다. 그만큼 저항시를 보내온 시인들의 면모는 다양하다. 저항적인 노동시를 계속 쓰던 분들도 있고 새로운 감각으로 시를 쓰는 젊은 분도 있다. 그들 중에는 사회 운동을 계속하는 분도 있고 평범한 생활인도 있다. 현 정치 사회적 권력과 민주주의의 파괴 현상에 분노하고 이에 저항하고자 뜻을 같이 하여 보내준 시라면 모두 실린 것으로 알고 있다. 즉 어떤 유파나 문학 조류에 국한하여 기획안을 전달한 것은 아니라는 이야기다. 우리 시대의 시적 저항은 그러한 유파나 조류로 경계선을 그으면서 이루어질 수는 없고 다양한 소수자들의 연대를 통해 전방위적으로 이루어져야 하기 때문일 것이다.

　한편, 저항에 뜻을 같이 하지만 이 기획을 알지 못했거나 마땅한 시를 쓰지 못해서, 그리고 여러 복잡한 이유로 시를 보내지 못한 시인도 적지 않을 것이다. 이 시집에 실린 시인들만이 아니라 많은 시인들이 현 국면에 항의하고 권력에 저항하고자 하는 마음을 갖고 있다는 것을, 그리고 어떻게 시를 통해 저항할 수 있는가에 대해 고민하고 있으리라는 것을 잊지 말아야 한다는 생각이다.(그래서 만약 2014년 '저항시 선집'이 또 발간된다면, 아마 이 시집보다 더 두꺼운 시집이 될 것이라고 추측된다.)

그리고 '저항'을 좀 더 넓게 생각한다면, 시인의 섬세하고 복잡한 감수성 자체가 저항의 바탕이 될 수 있으리라고 본다.

여하튼 이러저러한 연유로 다양한 시인들이 참여하는 한 권의 시집이 이루어져서 이렇게 독자 앞에 나타나게 되었다. 뜬금없지만, 필자는 시를 맛본다 또는 시를 먹는다는 표현을 좋아한다. 시는 신문 기사처럼 그저 읽는 대상이 아니기 때문이다. 시는 곰곰이 씹으면서 음미하는 대상이다. 그래서 우리의 몸속에 소화된 시는 생명을 북돋는 영양제라고도 할 수 있을 것이다. 그렇다면 한 권의 시집이란 수십 가지 음식이 놓인 잔칫상이라고도 할 수도 있지 않겠는가. 하여, 이 시집은 다양한 시인들이 만든 각양각색의 음식이 펼쳐진 잔칫상이다.(아무리 어려운 상황이라도 잔치를 벌이는 마음의 넉넉함을 가졌던 것이 민중의 전통이자 위력 아닐까. '백기완 비나리'와 이 시집도 '쇳소리'의 잔치라고 할 수 있을 것이다.) 하나 이 시집은 감미로운 음식들이 아니라 모두 저항이라는 고춧가루가 쳐진 매운 음식들로 채워졌다. 우리의 몸을 열나게 하고 마음을 찌르기도 하며 정신을 각성시키고자 하는 음식들.

이 글을 쓰기로 한 연유로, 필자는 그 80가지 시편들을 다른 독자들보다 먼저 시식할 수 있었다. 그래서 이 글은 일종의 '식후감(食後感)'이라고도 하겠는데, 이 시집에 차려진 음식에 대한 안내문이라고 보아도 좋다. 그런데 여기서 "당신은 누군데 이 시집에 글을 쓰고 있는 거요?"라는 누군가의 질문도 제기될 법하다는 생각이 머리를 스친다. 사실 이 시집에 평론가로서는 필자만이 초대되는 모양새가 되었는데, 이렇게 글을 쓰게 된 것은 필자가 초동제안자 간담회에 참석해서인 것 같다. 필자는 현장에 꾸준히 참여했던 저항적 문필가도 아니며 잘 알려진 평론가도 아니다. 명망가는 더더욱 아니다. 노동시나 시의 저항에 대한 글을 몇 편 발표한 바 있을 뿐이다. 그리고 이 행사의 기획에 참여하지도 않았다. 사실 위에서 언급한 이 행사에 대한 발의와 기획에 대한 정보는 기획진이 메일로 보내준 보고문과 인터넷 신문을 통해서였다. 다만 초동제안자 간담회에 참석한 평론가는 필자밖에 없어서, 이 시집에 이렇게 발을 들여놓고 글을 써넣게 된 것이다. 시간강사와 평론쓰기를 하면서 소심하게 살고 있는, 평범한 생활인인 필자가 이렇게 '저항시 선집' 말미의 귀한 지면에 글을 쓰게 된 것은, 기획자들이 어떠한 문단적 지위나 투쟁 경력을 위계적으로 상정하여 시집을 구성하는 것을 철저히 피하고자 한 결과일지도 모르겠다. 이를 보면, 이 시집의 발간은 어떤 방식으로든 저항하고자 하는 뜻을 가진 모든 문인에게 손을 내밀며, 그들이 평등하게 동석할 수 있는 자리를 마련하고자 한다는 취지에서도 이루어진 것이라고 할 수 있겠다. 이 '식후감'은 편집진이 배치한 시집의 순서를 따라가면서 시편들의 내용을 정리하고, 간간이 그 시편들에 대해 든 생각이나 느낌을 간단하게 언급해보는 방식으로 전개될 것이다. 어떤 시편들은 필자에게 매우 강렬한 느낌을 주었기 때문에, 필자로서는 그 시편들이 어떤 맛인지 꼼꼼하게 기록하고 싶기도 했다. 하지만 이 시집은 여러 시인들의 시를 모은 시선집이어서 이 자리는 그럴 수 있는 자리일 수는 없겠다. 물론 이 시편들 각각이 독자의 입맛에 어떤지에 대해서는 독자가 직접 시편들을 먹으면서 음미해야 할 테다.

3

1부의 시를 읽으면, 2010년대 한국 민주주의가 어떻게 파괴되고 있으며 민중들과 생태가 어떠한 고난을 겪고 있는지, 그리고 그 고난 속에서 어떠한 저항이 벌어지고 있는지 뼈저리게 알게 된다. 이 시들은 여전히 기억에 생생한 용산 참사와 여전히 진행 중인 도시 재개발, 자살로 몰린 쌍용자동차 해고자들과 경찰이 점령해버린 대한문, 지상 50미터 타워크레인에서 농성한 김진숙과 '희망버스'의 저항, 군사 기지를 만들기 위해 파괴된 제주의 구럼비, 4대강 사업으로 파괴된 생태와 환경, 최근에 일어난 삼성전자서비스 노동자 최종범 열사의 자살과 밀양 송전탑 건설 반대 현장에서의 인권 유린, 그리고 전교조의 법외 노조화 문제까지 조명하고 있다.

용산 참사와 쌍용자동차 해고 노동자의 연이은 죽음은 한국의 자본이 얼마나 노동자 민중의 삶을 파괴하면서 축적되고 있는지 정면으로 보여주는 상징적인 사건이다. 이 사건을 통해 지대의 상승을 위해 가난한 주민들을 내쫓는 도시재개발과 이윤율의 위기를 넘기기 위해 죽음을 불러오는 해고를 자행하는 기업의 폭력적인 얼굴을 똑똑히 볼 수 있었다. 그리고 이러한 폭력에 항의하고자 하는 사람들을 갖가지 방법으로 탄압하는 국가의 얼굴도 볼 수 있었다. 국가권력이 자본의 편에 서서 폭력을 휘두르는 모습에서 민주주의의 파괴를 볼 수 있겠는데, 김선우가 말하고 있듯이, 용산에서 "소각로에 집어던져진 폐품처럼" 사람들을 "산 채로 불태워 죽인 자들 중/아무도 감옥에 가지 않았다"는 현실은 "이 땅의 민주주의는 철거되기 시작"했음을 증명한다. 그는 "여기는 인간의 마을인가" 묻게 될 정도로 비인간화가 진행된 이곳에서, 우리는 용산 옥상 망루의 어떤 사람이 절규하듯이 외친 말인 "이봐요 여기 사람이 있다구요!"라고 말해야 한다고 강렬하게 주장한다. 이렇듯 민주주의가 철거된 현실에서 성냥팔이 소녀가 성냥을 그었을 때 볼 수 있는 세계란, 이설야에 따르면, "망루에 얼어붙은 다섯 그림자"와 "저기 멀리 불붙는 광장에 눈 먼 소녀"같은 악몽뿐이다. 그 악몽은 꿈이 아니라 현실 자체임을 우리는 잘 알고 있다.

'쌍차' 해고 노동자의 연이은 죽음에 대해 질문하고 절규하며 다짐하는 심보선의 강렬한 시 「스물세 번째 인간」을 읽고 있으면, 감정이 격해지고 심장이 빨리 뛰게 된다. 이 시의 강력한 힘은 기본적으로 사람들이 "인간의 절규에 귀를 닫고 살고 있을 때/스물두 명의 인간이 죽어갔습니다./그들은 왜 죽어야만 했습니까?"라는 독자의 정곡을 찌르는 질문 아닌 질문에서 나온다고 생각한다. 「제망매가」를 차용한 이도흠의 시는 "체액을 홀딱 빨린 매미처럼" "이승을 마감한" 쌍차 해고 노동자 "스물하고도 두 사람"의 '원혼'을 제사지내고 있다. 시인은 저 세상으로 간 그들이 극락왕생하기 위해서라도 남은 자들이 연대와 투쟁의 대열을 형성해야 한다고 호소한다. 손택수는 덕수궁 대한문 앞 분향소를 철거하고 만들어진 화단 앞에서 철거용역 알바로 등록금을 마련한다는 대학생들을 떠올리고는, "꽃의 죄까지 엄히 따져야 할 시대" 혹은 "치욕의 연대를 이해해야 할 시대"가 와버린 것인지 생각한다. 현재 상황에 대한 인식의 층을 이렇게 한 삽 파고 들어가는 것도, 현 시기 '시의 저항'에 필요한 작업일 것이다.

제국의 필요에 맞추어 국가권력이 한 평화로운 마을과 아름다운 자연을 어떻게 파괴하는지, 우리는 제주의 강정에서 적나라하게 볼 수 있었다. 시인들은 이러한 파괴에 다음과 같이 대응하고 있다. 김경훈은 제주에서 일어난 민중 항쟁의 역사와 강정의 저항을 연결하면서 제주도민이 일어나기를, 정의와 분노와 "만국의 양심"이 일어나기를 촉구한다. 김수열은 꽃들이 "강정마을 폭력의 펜스 앞에서" 허리가 망가지고 숨이 끊어졌지만, "구럼비에 아로새겨질 일파만파 꽃들"로 다시 오고 있다고, 희망을 버리지 말자고 말한다. 신현수는 "구럼비 바위가 모두 폭파되어 버린 날" "책걸상 통계 내느라/하루를 보냈"다는 것에 괴로워한다. 이러한 솔직한 마음과 감정이 저항의 바탕이 될 것이다. 조정의 시에서 시적 화자는 "우리들 뇌에 송송 박힐 나사못"인 "장대한 아메리카 군함을" "죽은 고래 등에 올라타 손을 흔들"며 반어적으로 환영한다. 우리들 뇌에 박히는 '나사못'과 '죽은 고래'는 군사 기지가 들어선 강정의 미래를 상징적으로 보여준다.

구럼비의 파괴는 수억 년 동안 이루어진 천혜 자연의 파괴이자 지구의 파괴이다. 그것은 인류와 뭇 생물이 같이 누리는 공통적인 것의 파괴이다. 전쟁 준비를 위해, 그리고 이윤과 사취를 위해 지구를 파괴하는 행위는 범죄적인 것이다. 송기역이 포클레인으로 강을 삼켜버렸다고 표현한 4대강 사업은 범죄적인 것이었다. 그는 그 사업으로 팽개쳐진 생물들을 '철거민들'로 표현하여, 도시 재개발 사업과 4대강 사업의 본질이 같고 더 나아가 생태주의적인 관점으로 도심에서 벌어진 폭력들을 보아야 한다는 것을 우리에게 알려준다. 생태주의적인 관점은 최두석의 시에서도 잘 나타난다. 그는 포클레인 편이 꽃게와 낙지 편에 승리한 '새만금'에서 "당신은 그때 어느 편을 들고 얼마나 힘을 썼"는지 독자에게 질문한다. 인간은 자본과 기계의 편에 설 것인지 생명의 편에 설 것인지 결정해야 한다는 질문이리라.

새만금의 '꽃게'와 '낙지'는 밀양 송전탑 건설 반대를 위해 투신하고 있는 어르신들의 존재와 상동의 관계에 있다고 할 것이다. 그들은 현재 한전 측과 경찰에 의해 마치 폐기물처럼 취급되는 인권 유린을 당하고 있다. 시인들은 이 사태에도 적극적으로 대응하고 있다. 이응인은 울부짖고 있는 할머니들의 절규에 진솔한 어조로 "귀 좀 기울여주세요"라고 우리들에게 호소하면서, "약한 자들을 짓밟고" 선 정부를 "미련 없이 버려야 해요"라고 강하게 규탄한다. 김해자는 밀양 할머니의 목소리를 빌려 "아끼 쓰고 쪼매만 고쳐 쓰면 안 되것나 핵발전소고 나발이고 고마 살던 대로 살모 안 되것나"라고 말하고 있다. 그는 밀양 송전탑 건설 반대를 근본적인 반원전의 시야에서 바라보고 있다. 정우영은 "밭둑에 숨어 있던 연둣빛 봄새끼/삐죽삐죽 돋아 나"오는 것을 보고 "논바닥 송전탑 뽑아버릴 무수한 한동양반들 깨나고 있다"는 낙관을 제시한다. 이 역시 생태주의적인 사유를 바탕으로 하고 있는 낙관으로, 자연과 민중에 내장된 힘에 대한 긍정과 믿음을 보여주고 있다고 하겠다. 노동자 민중의 힘에 대한 믿음은 박두규의 시에서도 표명된다. 얼마 전 진행된 전교조의 법외 노조화에 대하여, 그는 달이 "감나무 잔가지에 꼼짝없이 갇힌" 듯이 보이지만 "달은 그늘을 아랑곳 하지 않고/다만 달의 바른 행로를 가고 있을 뿐"이라고 당당하게 말한다.

정우영과 박두규가 민중의 힘에 대한 낙관을 자연을 빗대어 표현하고 있다면 곽효환은 「희망버스」에서 50미터 타워크레인에 있는 김진숙과 '희망버스'를 통해 슬픔 속에서도 피어오르는 희망을 조심스럽게 표명한다. "희망은 길을 잃고/절망을 희망으로 바꾸고 싶은 사람들만 남은"이라는 구절은 현실이 고통스럽고 슬프다는 사실을 외면하지 않으면서도 끝내 희망을 품는 주체성을 서정성 짙게 드러낸다. 문동만 역시 고통받는 노동자의 구체적인 삶에서 서정의 힘을 감동적으로 끌어내고 있다. 그의 시의 시적 화자는 "웃음의 잔해로 이룬 울음의 제국을 떠"난 삼성전자서비스 노동자 '최 기사'와 '문 기사'인 자신의 삶을 겹쳐놓으면서, "웃음 한 줄을 운구"하고 있다. 그 운구는 "얇은 껍질 위에 버팅기는 발바닥/실핏줄의 내간체를 옮기는 일"이다. 나희덕의 시에서 시적 화자는 이 모든 파괴 속에서 고통을 딛고 투쟁하고 있는 노동자의 나날들을 파고로 드러내는 '유리병 편지'를 통해 전달받는다. 그리고 결국 "산 자와 죽은 자로 두 동강 내는/아홉 번째 파도"가 "휩쓸고 간 자리"인, "젖은 종이들, 부서진 문장들"이 널브러져 있는 해변에서 자신이 "더 이상 번개를 통과시킬 수 없는" "낡은 피뢰침 하나"로 "우두커니 서 있다"는 것을 깨닫는다. 이 시를 읽고 있는 우리 역시 저 "낡은 피뢰침"이 아니겠는가. 그래서 이 시가 뼈저리게 다가오는 것일 테다.

4

3부에는 현재 정치 사회 권력을 움켜쥐고 있는 박근혜 정권에 대한 직접적인 비판을 가하는 시편들이 실려 있다. 전 정권에 이어 여전히 민주주의를 파괴하고 있는 현 정치 권력에 대한 직접적 비판은 현재 투쟁할 상대와 분노의 대상을 구체적으로 드러낸다. 사회의 심층 권력은 정권 차원에만 놓여 있다고는 생각되지 않지만, 민주주의를 파괴함으로써 심층 권력을 지탱해주는 정권의 면전에 비판의 화살을 쏘는 것은 당연하고 필요한 일일 것이다. 이 비판은 풍자의 형식을 띠는 것이 많다. 권서각은 현재의 한국을 "공주의 나라"라고 지칭하고 이 나라의 내관들은 "노동자의, 가난한 자의/씨울의 소리가 왕국의 담을 넘지 못하게/밤에서 낮까지 개소리를" 내고 있다고 풍자적으로 꼬집는다. 권혁소는 한국이 "작은 거짓은 더 큰 거짓으로 덮을 수 있다고/매일매일 생방송으로 보여주는 나라"가 되었다면서 "아비의 독재에 송두리째 삶을 빼앗겨야 했던/숱한 가족사들을 기억해야 한다"고 분노에 찬 목소리로 말한다. 이도윤은 "일본 천황의 신민이 된 아비처럼/분단에 묶인 자신의 삶 또한/한 편의 영화라는 사실을 잊어버렸다"면서 박근혜라는 인물에 대해 직접적으로 비판한다.

　박근혜 정부가 유신 체제의 부활을 노리고 있다는 것이 점점 드러나고 있는 현실이다. 그래서 시인들은 다시 박정희 정권을 기억해내려고 한다. 홍일선이 "야수 다카키 마사오 박정희를 쏘았다는", "누구는 패역이라고 하고/또 누구는 의사라고 장군이라고 하는/김재규 평전을 읽는" 이유는 그 때문일 것이다. 표성배는 "칼의 힘을 믿는 자 칼로 망하리라"라는, 예언이 아닌 역사를 상기시킨다. 그 '역사' 는 바로 박정희 정권의 몰락으로 나타났던 것이다. 칼의 힘을 믿는 자란 "둥근 사랑을 말하지만// 가슴에는 거짓으로 도금된 날선 칼날이 번뜩"이는 현 정권을 가리킴은 물론이다. 이상국은 박인환의 「목마와 숙녀」를 패러디하면서 "술병이 바람에 쓰러지는 소리를 들으며/어두운 유신의 그림자를 바라보아야" 하는 현실을 진술하면서 "그저 간직한 데모크라시의 미래를 위하여/우리는 뜨거운 함성소리를 기억하여야" 하고 "이제 우리는 일어나야 한다"고 굳게 말하고 있다.

　현 국면에서 독재 체제의 부활은 파시즘을 독가스처럼 퍼뜨리는 공작을 통해 시도된다. 김경윤은 "유대인을 해충이라 불렀던 저 독일 파시스트처럼" "참교육을 외치는 교사를 해충이라 부"르는 파시즘의 확산에 맞서 김남주의 시 구절을 빌려오거나 박근혜의 책 제목을 아이러니컬하게 인유하는 방식을 통해 투쟁을 다지는 마음을 표명한다. 정원도는 제목이기도 한 '극우의 통치방식' 을 "일사불란 시키는 대로만 강요"하는 팔순의 어머니에 빗대어 비판한다. "부려먹는 장기 독재를 본인만 모"르는 그 통치방식은 "돈 벌어오는 창의력"을 파괴할 뿐이다. 이로써 '창조경제' 를 내세우고 있는 박근혜 정부의 맹점을 꼬집고 있음이 분명하다. 이은

봉은 "이름에 핵 자(字)가 들어 있어 언제나 핵을 받드는 사람"인 '황봉핵 씨'의 생각을 풍자적으로 서술하면서, '꼴통 우파'는 아니라지만 편집증적인 '나라걱정'으로 독재로 향해 가는 박근혜 정부의 지지 기반이 되어주고 있는 사람들의 심리를 비판하고 있다. 민주주의적 주체성이 파괴되고 있는 현 상황에서 이러한 이데올로기를 전복하여 비판하는 작업은 여전히 유효하다.

한편 3부에서는, 이렇듯 독재의 망령이 귀환하고 있는 현 상황에서, 자신의 주체성을 다시금 돌아다보면서 마음을 다지는 시인들도 만날 수 있다. 김해화는 "길목마다 빛바랜 군복 검은 정장/일베나 어버이 튀어나"오는 파시즘의 분위기 속에서 "무릎 꿇고 오래오래" '칼-시'를 갈겠노라고 다짐한다. 최성수는 김해화처럼 "단칼에 모가지 댕강 잘라버리겠"다는 강한 의지를 표명하지는 않지만 박근혜 정부의 출범에 막대한 기여를 한 50대를 대표하여 반성하는 모습을 보여주고 있다. 박근혜 정부에 몰표를 준 것은, 50대가 "너희들의 미래를 빼앗아 먹으며 살고 있"음에 다름 아니라는 것이다. 이 시는 '애비 세대'가 자식 세대에 주는 솔직하고 절절한 목소리를 담고 있다.

5

생존권과 민주주의의 파괴 현장을 시로써 드러내고 현 정권에 대한 비판을 통해 시의 저항을 실천하는 1부와 3부의 시편들을 살펴보았다. 그런데 시의 저항은 일상적인 삶에 스며든 비애나 폭력의 흔적을 시화詩化하는 것을 통해서도 이루어질 수 있다. 저항의 힘은 삶의 밑바탕에서 주체성의 자기 형성을 이루어낼 때 든든하게 생산될 수 있는 것이다. 그렇기에 일상생활은 단순히 무시되거나 단순히 극복되어야 할 대상이 아니다. 시적 사유를 통해 일상을 조명하고 분석하며 일상에 감추어진 무엇을 드러내는 일은, 일상의 삶 내부에서 저항의 바탕을 구축하는 행위라고 하겠다. 4부는 삶을 이루는 일상을 비판적으로 조명하고, 더 나아가 일상의 차원에서 저항의 바탕을 구축하는 주체성의 자기 형성 과정을 보여주는 시편들을 싣고 있다.

우선, 착취 받고 폐기되며 배제되는 이들이 사는 공간을 조명하는 시들이 눈에 띈다. 고영서는 "당최 품삯도 못 건지는 가실" "죽은 서방 생각할 짬이" 없다는 한 아낙네 농부의 입을 빌어, "트랙터 바퀴에 짓이겨"지는 "하얀 양파"라는 상징을 통해 가난한 이들의 노동력이 착취당하는 농촌 현실을 인상적으로 그려낸다. 조호진은 "불지옥보다 뜨거"운 '가리봉 벌집'의 현실을 "에어컨 틀어놓고 태연하게 지내는/서울 특별시"와의 대비를 통해 사회에서 폐기되어버린 이들―척추장애인, 조선족 할머니, 그녀의 중풍 든 딸, 이주노동자의 자식 등―의 처참한 생활을 고발한다. 김사이는 노인이 된 미래의 자신의 삶을 상상하면서 노인 복지에 대한 정부의 무능력을 간접적으로 비판하고, 동시에 현재 노인의 비참한 삶도 드러내고 있다. 이 상태라면, 시인의 미래에는 "살아야 하는 시간은 연장되었는데" "노령연금도 최저생계비도 아무것도 받지 못"하고 "자리값으로 세금만 내는 유령"이 되어버릴 것이라는 게 시인의 예상이다. 유현아는 군사독재 시절 간첩은닉죄 혐의를 받고 '남산'에 끌려가서는 집을 구하러 온 사람이 이상한 사람인지 아닌지 보고한다는 각서를 쓰고 나온 후, "카악 드럽고 치사해부러" 복덕방 문을 닫아버렸던 운영자의 역사적 증언을 기록하고 있다. 그는 이 기록을 통해 그러한 전근대적인 사찰이 21세기 현재에도 이루어지고 있음을 은근히 암시하고 있다.

이와 함께 고된 노동에 시달리면서도 기계만큼도 취급되지 못하는 노동자의 구체적인 노동 현실 역시 노동자 시인들에 의해 고발된다. 서정홍 시의 시적 화자는 술자리에서 출근하자마자 작업반장이 기계 상태나 작업량에 대해 묻는 작업 현실에 대해 술자리에서 반은 울분으로 반은 허탈하게 토로하고 있다. 이한주는 감정 노동자이자 육체 노동자인 전동차 승무원의 처지에 대해 말해준다. 그들은 "고객님의 건강이 가정의 행복이라는/안내방송을" 하지만, 정작 자신은 "만성피로 위궤양"에 시달리고 있다. 이렇듯 노동자들의 삶 자체가 착취당하는 현실에서, 가혹한 노동에도 불구하고 생활고에 시달려 죽음으로 향하는 노동자들도 있다. 권현형이 조명한 어떤 우유배달원 노동자는 "열다섯 열일곱 아이들을/학교에 보내주지 못"한 삶을 비관하고 아이들과 함께 자살한다. 그들은 허름한 노끈으로 엮이어 있었는데, 시인은 이를 "한 두름의 복수/한 두름의 사랑"이라고 표현한다. 이렇게 노동자들이 절망으로 몰려 죽음의 검은 구멍으로 이끌려가고 있는 것이 2010년대 한국 사회다. 나종영이 "하얀 눈물"로 지고 있는 동백꽃에서 "붉은 생명줄 위에/한 줄 외마디 絕命의 시"를 상징적으로 읽는 것도 현재 민중이 죽음으로 이끌리고 있는 현실을 염두에 둔 것일 테다.

이 죽은 자들은 산 자들의 삶에 지속적으로 접촉하여 정동의 변화를 일으킨다. 정동의 변화가 주체의 변화를 이끈다고 할 때, 죽은 자들을 기억하고 대면하는 일은 주체성의 변화를 동반한다고 하겠다. 정동의 변화는 아무리 미미할지라도 삶의 변화를 조금씩 이끈다는 점에서 무시할 수 없는데, 시인은 이러한 정동의 변화를 예민한 감수성으로 포착하고 말로 번역하는 사람이다.

박일환이 "단종의 부인 정순왕후가 묻"힌 사릉(思陵)으로 가는 기차에서, 창밖 가는 봄비가 내리는 풍경을 보면서 "서러운 죽음과, 죽은 이를 잊지 못하는 마음이 빗방울로 아롱진다"는 정동의 변화를 거쳐 "잊지 않으며 사는 일의 중요함을 잊지는 말아야겠다고/다짐하는 시간을" 가지는 것 역시 이러한 주체성의 변화 과정을 보여준다고 하겠다. 김은경은 '열사'들을 모신 '분화구'와 같은 대한문 광장 앞에서 "영원한 타자인 나여/지금 너는 어떤 떨림에 속죄하며" "죽음을 비껴가는가"라는 윤리적 질문을 자신에게 던진다. 진실에 닿고자 하는 이러한 강렬한 질문 자체는 삶을 뒤흔드는 것이며, 이 질문에 대한 답을 거짓 없이 찾아나갈 때 시인의 주체성은 새로이 변모해갈 것이다. 박광배의 시는 죽음에 도전하는 주체의 의지를 인상 깊게 보여준다. 그 시의 "염천천지 걸어서 이곳까지 왔으니/예서 타 죽거나 가다 얼어 죽거나/그래도 산천은 푸르고 푸르다"는 구절은 죽음과 허무의식을 타고 넘어 세계에 내장된 생명을 긍정하는 힘을 담고 있다.

　가난한 자를 짓밟고 그들을 죽음으로 몰고 가는 사회의 폭력에 맞서 시인들은 시인으로서의 주체성을 새로이 다진다. 김명환의 시는 소품 같지만, 담담한 어조로 자신의 삶을 뼈아프게 되돌아보고 있어서 깊은 울림을 준다. 시인은 "세상을 외면하는/내가 미워서" "결국은 돋보기를 썼다"고 말한다. 세상을 외면했던 것은 "상처받기 싫어서/사랑하지 않는 나 자신" 때문인데, 세상으로 다시 눈을 돌리기까지의 과정에는 한 삶의 드라마가 들어 있을 것이다. 박철은 "비 듣는 연립 주택 지하 몇 호가 아니라" "등굣길 뽑기장수의 연탄불 속" 등과 같은 "가난한 이들" 속에 새로운 작업실을 마련하겠다고 말한다. 그는 이들을 위해 "외롭고 긴 글을 써"서 "세상의 그늘에 기름을 부어야겠다"고 다짐한다. 맹문재는 "그들이 우리를 사탄으로", "빨갱이로 몰았"으며 "그들이 용역 깡패를 시켜 우러를 폭행했다는 것을 "밝히고 싶"다고 결연하게 말한다. 그렇다면 그들의 언어적 육체적 폭력을 밝히는 작업이 그의 시 쓰기라고 할 텐데, 이는 "노동자로서 복수하고 싶습니다"는 마음을 추진력으로 이루어질 것이다. 이 간단한 한 문장은 퍽 단단하면서 강하게 느껴졌다.

함순례의 시는 "사대강 사업으로 뒤틀린 금강 자락/차고 높은 나포길"을 '우리'는 "비틀거리며" "장딴지에 힘주고 칼바람을 밀고" 나가면서 "서로가 서로의 바람막이가 되어/견딘다는 거"와 "바짝 어깨 겯고 온기를 나눈다는 거"를 체험하게 된 과정을 묘사한다. 이는 연대와 나눔을 통해 이루어지는 '우리'라는 주체의 탄생이다. 한도숙은 "까마득히 먼 거리를 돌아/까마득히 먼 시간을 돌아" 쿠바의 독립 혁명 영웅인 호세 마르티와 전봉준이 만나는 장면을 상상하면서, '반제국주의'의 정신은 시대와 장소를 넘어 연대를 이룩해낼 수 있다는 사상을 표명한다. 하종오의 시는 독특하게 잔잔한 울림을 준다. 이 시의 시적 화자는 평범한 주민들의 대화로부터 어떤 진리를 배운다.(그래서 그들에게 '신강화학파'라는 명칭을 붙인다.) 한 자리에 모여 "강화에서 농사지으며 살아남는 법에 대하여/갑론을박하던" 주민들은, 그들보다도 더 큰 소리로 울고 있는 개구리의 권리를 인정하고는 "작은 논뙈기를 넓게 갈 줄 알고/자기 논뙈기를 남의 논뙈기에 이을 줄 알고,/주변 논뙈기의 주인을 알아볼 줄 알아야 한다는" 평범한 진리에 의견 일치를 보고 헤어진다. 평범한 이들의 회의는 민주주의적인 의결 결정 과정이 무엇인지 보여주고 있는 것 같다.

6

2부에는 바로 제도적 민주주의를 넘

은 사회 전반의 민주주의 문제와 씨름하는 시편들이 실려 있다고 생각된다. 사회 모든 영역에서 민주주의가 후퇴하고 있는 현재, 정치 사회의 민주주의에 대해 사유하고 있는 이들의 시적 작업은 저항과 동반하는 민주주의가 어떠한 방향으로 나가야 하는지 사유하는 데 밑거름을 제공한다. 고운기는 상대 후보 비방 부분에서 유죄를 선고 받은 안도현을 편애하며 편애는 "공정(公正) 이상의 공정"이고 공정(公情)이라고 말한다. 이로써 시인은 '표현의 자유' 문제뿐만 아니라 산술적 평균을 내는 것이 민주주의가 아니며, 또한 그 평균에 몸을 두는 것이 공정(公正)이 아니라는 것을, 공정은 편애의 공정(公情)이라는 것을 표명한다. 이는 곰곰이 생각해 볼 문제다. 이영광의 「왕」은 서술어를 생략한 문장들로 전개되는 독특한 형식을 가지고 있는데, 이러한 형식은 독자들이 시를 깊이 읽어보도록 이끈다. "죽었던 것이 또./모든 슬픔이 필요한 슬픔이 또."라는 구절을 보면, 이 시가 구사하는 서술어 생략은 차마 말을 마치지 못할 만한 심적 고통을 표현한다고 생각된다. "백성을 갈 수 없는 건 왕을 갈 수 있기 때문/그것이 미래이겠지만" 죽었던 슬픔과 "생존이 전부인 시절이 나날이" 귀환하고 있다는 고통 말이다.

안준철 시에서는 "민주주의가 도륙"났으며, "세상의 진실이 스러졌다"고 꽃들이 울면서 말하고 있다. 그 꽃들은 "아무도 곡(哭)하는 사람이 없어서/대신 울고 있다"는 것, 시인에게는 민주주의의 '도륙'도 심각한 문제지만 그러한 도륙에도 불구하고 무반응인 세상이 더욱 큰 문제다. 이와 유사하게, 정희성은 현재의 우리 사회를 "완장 찬 졸개들이 설쳐대는/더러운 시대에" 더 이상 분노하지 못하고 저항하지 못하는 "죽은 시인의 사회"라고 본다. 그에 따르면, 영혼이 죽은 좀비들만 지상에 남았다. 이들에 따르면, 한국 민주주의의 작동 불능은, 제도적인 문제도 있겠지만,

민주주의가 작동되기 위한 전제인 주체성이 부식되었다는 데서 비롯된다. 그 주체성의 기계를 망가뜨리는 부식 작용은 우리 삶에 알게 모르게 스며든 파시즘의 억압으로 인한 것일 수 있는데, 김민정의 시는 바로 이 문제를 다루고 있다고 생각된다. "실천은 빨강"-〉"빨강은 죄인"-〉"죄인은 나쁜 딸"-〉"나쁜 딸은 불효녀"-〉"불효녀는 악마"와 같이 끝말 잇기의 연쇄가 의식을 통제할 때, 주체성의 기계는 삐걱대며 작동하기 시작하는 것이다. 김민정의 시는 애매하고 알쏭달쏭하게 읽히지만, 이러한 형식은 인식을 지연시키는 '낯설게 하기'를 가져올 수 있겠다. 저항시는 '낯설게 하기'를 통한 충격 효과를 고구할 필요가 있다고 할 때, 김민정의 시를 자세히 읽을 필요가 있다고 본다.

현재 한국 사회에서 파시즘은 '종북몰이'로 나타나는데, 정세훈은 "민족의 염원 남북평화통일운동이/민중을 위한 민주 연대활동이" 간단히 종북으로 취급되는 '종북몰이'의 세태에 대해 강력히 비판한다. 그래서, 한반도 종단열차와 시베리아 철도를 현 정부가 이야기하고 있고 한나라당은 당 색깔을 붉은 색으로 정해 남한의 전 국토를 붉은 칠로 도색하고자 했어도, 정권의 반대쪽에서 "한반도 종단열차를 타고 신혼여행을 가자"(이원규)라든가 "수 천 수 만 생명이 붉게 물들어 아름다운 세상"(조경선) 만들자고 말하면 당장 빨갱이로 몰릴 것이다. 그래서 이원규는 "통일을 얘기하면 빨갱이, 민족공생 논하면 주사파인가"라고 노한 어조로 말하고, 조경선은 "한 마리 해충이 온 산을 붉게 만드는 것이 아니라"고 경멸하듯이 말하는 것이다. 또한 미국의 전쟁 정책에 반대해도 빨갱이로 몰리는데, "군인이 커다랗고/선명하게 보이는 미국이/가는 곳마다 남긴 것은/분쟁이요 죽음 뿐이"어서 "성산 일출봉이/미국을 따라 하는 것은 정말 싫네"라고 말하는 서수찬 역시 극우집단은 빨갱이로 몰 것임이 틀림없다.

더 나아가 함민복의 시는 미국 상품—수평기—이 일상생활의 식민지화를 만들고 있다는 점을 함축적으로 암시하고 있는 것 같다. "사족을 못 쓰고/척/달라붙는 자석"은 한편으로 미국이라면 무조건 따르는 일부 한국인들을 상기시키기도 한다. 김백겸은 "국제자본시장에서 돌아다니는 돈"으로 각종 사치품들이 소비되고 있으며 이에 따라 "사람들의 심장은 상품미학을 향한 동경과 질투와 경쟁으로 멍이 드"는 현상을 비판한다. 또한 "국가와 개인들이 부채를 내서 향유한 소비의 애드벌룬이" 터진다면, 세계는 금융 자본이 지배하는 이상한 나라를 탈출하게 되리라고 전망한다. 이러한 전망이 단지 상상적인 것이라 아니라 현실임을 몇 년 전 금융위기가 증명했다. 파시즘이 번지는 현상은 자본주의에 대한 위기의식과 무관하지 않으며, 이는 민주주의의 전반적 후퇴와 자본주의의 위기가 연동되고 있다는 것을 나타낸다.

생존에 함몰되어 버린 삶은 민주주의 원리는커녕 생명을 파괴하는 일자리에 취직하여 돈을 버는 행위에 어떠한 죄의식도 가지지 않게 될 것이다. 임성용의 시는 이러한 현실을 간명하게 드러낸다. 이 시에 등장하는 뜨내기 노동자들은 소돼지를 파묻는 일이든 4대강 사업 공사든 돈 버는 일이라면 무슨 일이든 하고, 그 살상과 파괴를 자랑스럽게 떠벌린다. 이들은 현재 인권유린이 일어나고 있는 밀양으로도 "그만한 일당에 그만한 일자리가 어딨냐"며 몰려갈 것이다. 연대의식은 털끝만치도 없는 뜨내기 노동자들의 모습은 그들이 생존의 위기에 몰려 있다는 현 상황을 반영한다. 조성국 시에서 시적 화자의 아내가 민주화운동 관련자 생활지원금 신청서를 만지작거리고 있는 모습 역시 딸아이의 "대안학교 기숙사비도 얼마간 밀렸을" 상황을 반영한다. 시인은 민주화운동의 나날을 돈으로 환산할 수 없다는 듯 생활지원금 신청을 하지 않아왔던 모양이다. 이러한 상황에서 저항적인 주체성을 유지하고 형성한다는 일은 더욱 어려워지고 있다고 하겠다. 김형수는 이러한 어려움을 솔직하게 토로한다. "내 가슴 태우던/사랑인지 혁명인지 꿈이었는지"는 이제 "구겨진 라면 봉지에 버려졌"는지 찾을 수 없고, "또 다른 모이에 코끝을 맞추는/닭처럼" "평생 그 짓만 반복하"는 삶을 살고 있다고 말이다. 그러나 부끄러움을 이렇게 솔직하게 드러내는 일은, 그 부끄러움을 삶의 힘으로 전화시키기 위한 단초가 될 것이다.

백무산, 송경동, 황규관의 시편들은 진정한 민주주의가 무엇인지, 그리고 현재 제도적 민주주의의 테두리를 짓고 있는 법은 어떤 의미를 가지는지 사유케 하는 무게를 가지고 있다. 송경동의 시는 법을 내세우는 권력자들이 불법을 자행하는 동시에 현 정치 사회 권력에 저항하는 모든 세력을, 더 나아가 비정규직 노동자와 조직 노동자들을 법 바깥으로 내미는 역설적 상황을 꼬집는다. 그런데 그의 시각이 전복적인 것은 "민중들의 분노"가 "이제 더 이상 법 내로 돌아올 수 없"게 되었으며, 아예 "법 외에 다수의 세상을 만들"어 "저 새로운 세상으로 곧장 가자"고 주창한다는 점이다. 그는 법과 불법의 자기 반사에서 벗어나야 하며, 저항이 발딛고 있어야 할 것은 생명이지 법이나 제도가 아니라는 점을 힘 있게 밝혀낸 것인데, 황규관의 시도 이를 정면으로 제기한다. "불법 좌판을 벌인 죄목으로/단속반에 부서져 울어야 했"던 어머니를 상기하면서 시인은 "내력 있는 불법 인생은 그러므로/법의 정신을 들은 바 없고/법이 무엇인지 관심이 없다/오로지 꽃잎에 머무는 태양의 미소가 기준"이라고 당당하고 선명하게 말하고 있다. "오래 된 바위에 부서지는/파도"인 그 불법 인생들은 "낡은 입간판 하나 지키기 위해" "가끔 불법이라고 불리는 점거를/거리낌 없이" 할 것이다.

백무산은 시행에 댓글을 달아 다른 목소리들을 그대로 제시하는 독특한 다성적 형식의 시를 보여주고 있다. 그는 "표만 찍고 꺼져"라고 말하는 소위 민주개혁 세력을 공격적으로 야유하면서, 진정한 민주주의에 대한 발본적인 문제를 제기한다. 민주 정부 시절 노동자 농민의 대표자라고 자처한 사람들이 어떻게 부패해갔으며, 절차적 민주주의를 넘어 자기 결정을 이루고자 하는 민중의 시도를 어떠한 논리로 가로막았는지 거침없이 폭로하며 비판하고 있는 것이다. 저항이 진정한 민주주의의 구축을 향한 것이어야 한다고 할 때, 백무산의 시는 저항의 방향이 어디를 향해야 하는 것인지 숙고하게 한다.

7

5부에는, 현장의 구체성에서 좀 떨어져서 상징이나 알레고리를 통해 좀 더 추상적인 차원에서 한국 사회를 비판하고 저항의 이미지들을 제시하는 시편들이 실려 있다고 생각한다. 시의 추상성 자체는 비판받을 바가 아닌데, 추상에 성공한 시는 좀 더 많은 의미를 응축할 수 있으며 독자에게 자유로이 사유를 불러일으키는 자극을 줄 수 있기 때문이다. 물론 추상에 실패한 시는 공허한 관념이나 환상에 빠질 가능성이 있다. 공광규의 시는 재밌기도 하면서 의미심장하다. 4연에서 또 다른 노동자의 대답이 빈칸으로 제시되고 있는데, 이는 독자에게 그 칸을 채우라는 의미도 있겠지만 그 빈칸이 무(無) 또는 노동자의 죽음을 의미한다는 생각도 들게 만든다. 조혜영은 그 빈칸에 '닭발'을 써넣을 것 같다. 그는 닭발에서 프레스 공장 "콘크리트 바닥에서 파닥

대던 손목"을, "잘린 손목 치켜들고 눈에 핏발세우다/구급차에 실려 가던 5공단의 동료"를 떠올린다. 한국의 노동자들은 실제로 일어난 육체적 훼손에 맞닥뜨리고 있으며 이에 따른 트라우마를 일상생활에서 다시 마주쳐야 하는 것이 현실인 것이다.

이민호는 한국 노동자들의 잔혹한 현실을 귀뚜라미 우리 속에 들어간 목도리도마뱀에 의해 잔인하게 살육당하는 귀뚜라미의 처지에 빗댄다. 시인에 따르면, 자살로 이끌린 한진중공업 청년 노동자의 삶과 마찬가지로, 한국의 노동자들은 그러한 그 귀뚜라미처럼 "다리가 부러져 바닥에 나뒹굴고" "바둥거"려야 하는 삶을 살아가고 있다. 임동확도 죽음에 이끌리는 한국 노동자들을 TV에 나오는 "날카론 송곳니에 목을 물린 채/허우적거리는" 초식동물들의 이미지로 표현한다. 더 나아가 그의 시는 TV의 '동물의 왕국' 프로그램이 죽고 죽이는 동물들의 세계를 보여주면서 "살아남은 자가 강한 자"라는 신자유주의 논리를 유포하고 있다는 비판도 담고 있다. 이종수는 충청북도 음성군 금왕읍을 '무극(無極)'이라는 용어로 지칭하고 있다. 무극은 "사연 없는 사람은 들어오지 못하는" 곳인데, 시인은 "혼혈의 아이를 안고 복도를 지나는 따이안이/낯설게 웃"는 모습을 "무극의 울음"이라고 명명한다. "고통의 맨 얼굴은 돼지머리처럼 웃는 듯 보일 뿐"이라고 할 때 그 낯선 웃음은 고통의 극한을 표현한다. 이 시를 읽고 현 한국시에는 이렇게 가장 고통 받는 사람들의 얼굴을 드러내고 의미화 하는 작업이 간절히 요청되고 있다는 생각이 들었다.

그런데 죽음으로 이끌리는 사람들의 세계와 한국 사회의 일상 세계는 마치 무관한 듯이 보이는 것이 사실이다. 김경인은 두 세계 사이의 간극을 예리하게 인식한다. 자본주의의 일상은 고통과 죽음에 아랑곳하지 않고 "여기 불탄 망루 잿더미를 갈아엎으며/금세 솟아나는 위대한 주차장"이 되는 세계다. "오늘의 장례와 내일의 축가 사이" "한 줌의 영혼이란" 무엇일까라고 묻는 시인의 질문은 이 일상을 살아가는 우리 모두 가져야 할 질문이다. 이에 대답이라도 한다는 듯이 이문재는 "죽음이 죽음과 함께 죽어서/살아 있음이 이렇게 새카맣다"라고 의미심장하게 말한다. "죽음이 우리 앞에 살아 있어야/우리 삶이 팽팽해"지는데, 우리 시대의 삶은, 죽음을 죽음과 함께 묻어버리는 극도의 무감한 지경에 와 있다는 것이다. 정곡을 찌르는 진단이라고 생각한다. 안상학은 이 무감성에 대한 원인으로 "평화라는 이름의 칼이 끊임없이 확대재생산 되고 있다"는 데서 찾은 듯하다. 그 '평화의 칼'은 죽음은 존재하지 않고 평온한 삶만이 무한 지속가능하다는 이데올로기를 유포한다. 하지만 이 칼은 "어떤 위기 상황이 닥쳐오면 어디서 생겨난 것인지도 모를 칼을 떨쳐들고나"서는 "소위 법 없이도 살 사람들"을, "언제나 한 수 빠르게" 학살하는 데 사용된다. 우리 시대의 이데올로기에 대한 날카로운 통찰이다.

유용주는 이렇게 시인들에 의해 진단된 우리 시대를 물이 얼어 물소리 들리지 않는 계곡으로 상징화하고 있다. 하지만 그는 "얼음장 밑으로" "세상 가장 낮은 말씀"인 물이 흐르고 있음을 의심하지 않는다. "흰옷 입은 사람들 흘린 피/겨울잠 자고 있"지만, 그 피는 기어코 봄을 밀어 올리게 되리라는 믿음. 이는 말없이 고통받고 있는 민중의 잠재적 힘에 대한 믿음이다. 박시하도 유용주와 동종의 희망을 가지고 있다고 생각된다. 그에 따르면, 현재의 세계가 폐허라고 하더라도 그 "폐허는 잊혀지지 않고/단단히 남"으며, "밤 속의 밤"에 어둠을 둥글게 벌어지게 한다. 그렇게 벌어지는 어둠은 놀랍게도 "아주 천천히/아주 빨리" "세계의 가장자리"에서 "열쇠의 굴곡"으로 굳는다. 그 열쇠구멍은 어둠으로부터 탈주할 수 있는 미래의 문을 열게 될 것이다. 김현은 저 미래가 '미지(未知)'라는 것을 강조한다. 바다나 섬, 평화는 미지의 영역인데, "우리는 미지를 향해/현명하게/아직 알지 못하는 자들"이라는 것이다. 그러나 흥미롭게도 시인에 따르면, 미지는 한편으로 우리의 근원이어서 "기지의 미지"다. 그러니 미지를 향하는 일은 미지로 돌아가는 일이다. 그리고 "너희가 죽도록 죽이고자 하는 것은" "인간이 처음 생겨난 모든/공간"이자 "사람을 사람이게 하는 저 먼 모든 시간"인 근원적인 미지다.

진은영의 시가 바로 이 근원적인 미지의 세계를 우화적으로 보여주는 것 아닐까? 진은영의 우화 역시 대개의 현대적 알레고리가 그러하듯이 애매한데, 하지만 이 애매성이 독자에게 매력으로 다가오고 있어서 시를 거듭 읽게 만든다. "나라도,/법도, 무너진 집들도 씌어진 적 없었던 옛적"의 "정말 오래된 이야기"는 미래가 되어야 할 미지의 근원이라고도 생각된다. 분명한 점은 이 옛적의 이야기와 '나라'와 '법'과 '무너진 집'이 씌어지고 있는 현대—용산에서의 살인이 일어난—가 대비되고 있다는 점이다. 이수호 시의 묵자 이야기 역시 옛날이야기 형식을 가지고 있다. 시인이 "세상 모든 사람을 차별 없이 사랑하고/서로 힘을 모으고 이익은 골고루 나눠라"라는 내용의 "겸상애 교상리"를 되새기는 것은 묵자의 사상이 현재 한국 사회에서도 절실히 필요하다는 뜻일 것이다. 이수호가 그려낸 묵자와 같은 인물이 박상률에게는 주은래일 것이다. 그의 시는, 자신은 노동자 출신이지만 당신은 귀족처럼 자랐다며 주은래를 비웃은 후루시초프에게 "당신과 나 사이에" "우리 둘 다 출신 계급을 배반했다는" 공통점이 있긴 하다고 재치 있게 응답한 주은래의 일화를 소개한다. 그리고 시인은 "인민의 벗이라 일컬어지고 있었"던 주은래는 정말 재산도 없었고 자식도 없이 세상을 떠났다면서 그를 기린다.

마지막으로 오철수의 시를 언급하고자 한다. 어떻게 우연히 오철수의 시를 마지막에 언급하게 되었는데, 마침 이 글을 닫는 데에 적합한 시인 것 같다. "금은 금이기 위해/쇳덩어리를 부정하지 않는다"는 금언식의 구절로 시작하는 이 시는, "인간해방의 길"의 근본에 대해서 말한다. 금이 쇳덩어리 육체를 부정하지 않듯이, 우리가 스스로를 긍정하는 데에서 "낡은 것을 깨트려 새롭게 창조되는" 인간 해방의 길은 열린다는 것. 이러한 시인의 사유에 고개를 끄덕이게 되는데, 자기를 긍정할 때 자기를 파괴하는 적이 무엇인지 인지할 수 있으며, 비로소 그 적과 투쟁할 수 있을 것이기 때문이다. 자기 긍정이란 생명력의 해방을 통한 주체성의 자기 형성이며, 그렇게 형성된 주체성은 자신의 생명을 짓누르고 심지어 죽이려고 하는 권력에 저항할 수밖에 없다. 그런데 자기 긍정의 생명력을 키우는 영양 좋은 음식, 그것이 바로 시인 것이다. 그래서 시가 주체를 권력에 맞서 저항으로 나아가게 만드는 현상은 자연스럽다. 그러면 이제 시집의 첫머리로 돌아가서, 여기 차려진 매운 음식들을 다시 먹어보기로 하자.

참여 시인 약력

고영서 2004년 〈광주매일〉 신춘문예로 작품활동을 시작했다. 시집으로 『기린 울음』이 있다.

고운기 1983년 〈동아일보〉 신춘문예로 작품활동을 시작했다. 시집으로 『밀물 드는 가을 저녁 무렵』 『구름의 이동속도』 등이 있다.

공광규 1986년 월간 『동서문학』으로 작품활동을 시작했다. 시집으로 『담장을 허물다』 등이 있다.

곽효환 1996년 〈세계일보〉 신춘문예와 2002년 『시평』을 통해 작품활동을 시작했다. 시집으로 『인디오 여인』 『지도에 없는 집』 등을, 연구서로 『한국 근대시의 북방의식』을, 편저로 『이용악 시선』 등을 냈다.

권서각 1977년 〈조선일보〉 신춘문예를 통해 작품활동을 시작했다. 시집으로 『눈물반응』 『쥐뿔의 노래』가 산문집으로 『그러이 우에니껴?』가 있다.

권혁소 1984년 『시인』과 1985년 〈강원일보〉 신춘문예로 작품활동을 시작했다. 시집으로 『반성문』 『아내의 수사법』 등이 있다.

권현형 1995년 『시와 시학』으로 작품활동을 시작했다. 시집으로 『밥이나 먹자, 꽃아』 『포옹의 방식』 등이 있다.

김경윤 1989년 무크지 『민족현실과 문학운동』으로 작품활동을 시작했다. 시집으로 『아름다운 사람의 마을에서 살고 싶다』 『신발의 행자』 등이 있다.

김경인 2001년 『문예중앙』을 통해 작품활동을 시작했다. 시집으로 『한밤의 퀼트』 『애들아, 모든 이름을 사랑해』가 있다.

김경훈 1992년 『통일문학 통일예술』에 작품을 발표하며 활동을 시작했다. 시집으로 『한라산의 겨울』 『강정은 4·3이다』 등이, 마당극 대본집으로 『살짜기 옵서예』가, 산문집으로는 『낭푼밥 공동체』가 있다.

김명환 1984년 실천문학사에서 펴낸 사화집 『시여 무기여』에 작품을 발표하며 활동을 시작했다. 시집으로 『첫사랑』이 있다.

김민정 1999년 『문예중앙』 신인문학상을 통해 등단했다. 시집으로 『날으는 고슴도치 아가씨』 『그녀가 처음, 느끼기 시작했다』가 있다.

김백겸 1983년 〈서울신문〉 신춘문예를 통해 작품활동을 시작했다. 시집으로 『비밀정원』 『기호의 고고학』 등이, 시론집으로는 『시를 읽는 천개의 스펙트럼』 『시의 시뮬라크르와 실재實在라는 광원』 등이 있다.

김사이 2002년 『시평』으로 작품활동을 시작했다. 시집으로 『반성하다 그만둔 날』이 있다.

김선우 1996년 『창작과 비평』을 통해 작품활동을 시작했다. 시집으로 『내 몸속에 잠든 이 누구신가』 『나의 무한한 혁명에게』 등이 있고 산문집으로는 『물 밑에 달이 열릴 때』 『어디 아픈 데 없냐고 당신이 물었다』 등이, 장편소설 『캔들 플라워』 『물의 연인들』 등이 있다.

김성규 2004년 〈동아일보〉 신춘문예로 등단했으며, 시집으로 『너는 잘못 날아왔다』, 『천국은 언제쯤 망가진 자들을 수거해 가나』가 있다.

김수열 1982년 『실천문학』을 통해 작품활동을 시작했다. 시집으로 『바람의 목례』 『생각을 훔치다』 등이 산문집으로 『김수열의 책읽기』 『섯마파람 부는 날이면』 등이 있다.

김은경 2000년 『실천문학』으로 작품활동을 시작했다. 시집 『불량 젤리』가 있다.

김해자 1998년 『내일을 여는 작가』를 통해 작품활동을 시작했다. 시집으로는 『무화과는 없다』 『축제』가 산문집으로는 『당

신을 사랑합니다』 『내가 만난 사람은 모두 다 이상했다』가 있다.

김해화 1984년 실천문학사에서 펴낸 사화집 『시여 무기여』를 통해 작품활동을 시작했다. 시집으로 『인부수첩』 『우리들의 사랑가』 『누워서 부르는 사랑노래』 등이 있다.

김 현 2009년 『작가세계』를 통해 작품활동을 시작했다.

김형수 1985년 『민중시』에 시를 발표하고, 1996년 『문학동네』에 소설을 발표하며 작품활동을 시작했다. 시집 『빗방울에 대한 추억』, 장편소설 『나의 트로트 시대』 『조드-가난한 성자들』 1,2 소설집 『이발소에 두고 온 시』, 평론집 『반응할 것인가 저항할 것인가』 외 다수가 있다.

나종영 1981년 창작과비평사 13인 신작시집 『우리들의 그리움은』에 작품을 발표하며 활동을 시작했다. 시집으로 『끝끝내 너는』 『나는 상처를 사랑했네』 등이 있다.

나희덕 1989년 〈중앙일보〉 신춘문예로 작품활동을 시작했다. 시집으로 『뿌리에게』 『그 말이 잎을 물들였다』 『그곳이 멀지 않다』 『어두워진다는 것』 『사라진 손바닥』 『야생사과』 등과 산문집 『반 통의 물』 『저 불빛들을 기억해』, 시론집 『보랏빛은 어디에서 오는가』 『한 접시의 시』가 있다.

문동만 1994년 『삶, 사회 그리고 문학』을 통해 작품활동을 시작했다. 시집으로 『나는 작은 행복도 두렵다』와 『그네』가 있다.

맹문재 1991년 『문학정신』으로 작품활동을 시작했다. 시집 『물고기에게 배우다』 『책이 무거운 이유』 『사과를 내밀다』 등을 냈다.

박관서 『삶, 사회 그리고 문학』에 작품을 발표하며 활동을 시작했다. 시집으로 『철도원 일기』가 있다.

박광배 1984년 실천문학사에서 펴낸 사화집 『시여 무기여』를 통해 작품활동을 시작했다. 시집으로 『나는 둥그런 게 좋다』가 있다.

박두규 1985년 '남민시' 동인지에 작품을 발표하며 활동을 시작했다. 시집으로는 『숲에 들다』 『두텁나루 숲, 그대』 등이 사진산문집으로 『고라니에게 길을 묻다』가 있다.

박상률 1990년 『한길문학』을 통해 작품활동을 시작했다. 시집 『배고픈 웃음』 『하늘산 땅골 이야기』 등을 냈다.

박시하 2008년 『작가세계』를 통해 작품활동을 시작했다. 시집으로 『눈사람의 사회』가 있다.

박일환 1997년에 『내일을 여는 작가』를 통해 작품활동을 시작했다. 시집으로는 『끊어진 현』 『지는 싸움』 등이 있고 그 밖으로 『선생님과 함께 읽는 이용악』 『똥과 더불어 사라진 아이들』 『아빠와 조무래기별들』 『국어 선생님 잠든 우리말을 깨우다』 등을 냈다.

박 철 1987년 『창작과 비평』에 시를 발표하며 작품활동을 시작했다. 시집으로 『김포행 막차』 『밤거리의 갑과 을』 『새의 전부』 『너무 멀리 걸어왔다』 『작은 산』 등이 있다.

백무산 1984년 『민중시』를 통해 작품활동을 시작했다. 시집으로 『만국의 노동자여』 『인간의 시간』 『길은 광야의 것이다』 『거대한 일상』 『그 모든 가장자리』 등이 있다.

서수찬 1989년 『노동해방문학』으로 작품활동을 시작했다. 시집으로 『시금치 학교』가 있다.

서정홍 시집으로 『58년 개띠』 『아내에게 미안하다』 『밥 한 숟가락에 기대어』 등이 있고 동시집으로는 『윗몸일으키기』 『닮지 않는 손』 『나는 못난이』 등이, 산문집으로는 『아무리 바빠도 아버지 노릇은 해야지요』 『농부 시인의 행복론』 등이 있다.

손택수 1998년 『한국일보』와 『국제신문』 신춘문예를 통해 작품활동을 시작했다. 시집으로 『호랑이 발자국』 『목련전차』 『나무의 수사학』이 있고 그밖에 『바다를 품은 책 자산어보』 『교실 밖으로 걸어나온 시』를 펴냈다.

송경동 2001년 『내일을 여는 작가』와 『실천문학』을 통해 작품활동을 시작했다. 시집으로 『꿀잠』 『사소한 물음들에 답함』이 산문집으로 『꿈꾸는 자, 잡혀간다』가 있다.

송기역 제15회 전태일문학상을 수상했다. 르뽀 『흐르는 강물처럼』 『사랑 때문이다』 『허세욱 평전』 등을 냈다.

신현수 1985년 『시와 의식』을 통해 작품활동을 시작했다. 시집으로 『서산 가는 길』 『처음처럼』 『군자산의 약속』 『신현수 시집(1989~2004)』 등이 있으며 그밖에 『선생님과 함께 읽는 한용운』 『시로 쓰는 한국근대사』 1, 2 등이 있다.

심보선 1994년 〈조선일보〉 신춘문예를 통해 작품활동을 시작했다. 시집으로 『슬픔이 없는 십오 초』 『눈앞에 없는 사람』이 있고 산문집으로 『그을린 예술』이 있다.

안상학 1988년 〈중앙일보〉 신춘문예를 통해 작품활동을 시작해 『안동소주』 『오래된 엽서』 『아배 생각』 등의 시집을 냈다.

안준철 시집으로 『너의 이름을 부르는 것만으로』 『다시, 졸고 있는 아이들에게』 『세상 조촐한 것들이』 『별에 쏘이다』 등이 산문집으로 『아들과 함께하는 인생』 『그 후 아이들은 어떻게 되었을까』 『넌 아름다워, 누가 뭐라 말하든』을 펴냈다.

오철수 무크지 『민의』를 통해 작품활동을 시작했다. 시집으로는 『독수리처럼』 『사랑은 메아리 같아서』 등이 있으며, 『시로 읽는 니체』 『시로 읽는 엄마사상』 등을 출간했다.

유용주 1991년 『창작과 비평』을 통해 작품활동을 했다. 시집으로 『가장 가벼운 짐』 『크나큰 침묵』 『은근살짝』이 산문집으로 『그러나 나는 살아가리라』 『쏘주 한 잔 합시다』, 장편소설로 『마린을 찾아서』 『어느 잡범에 대한 수사보고』 등이 있다.

유현아 2006년 제15회 전태일문학상 시부문 수상. 시집으로 『아무나 회사원, 그밖에 여러분』이 있다.

이도윤 1985년 『시인』을 통해 작품활동을 시작했다. 시집으로 『너는 꽃이다』 『산을 옮기다』를 냈다.

이도흠 현재 한양대 국어국문학과 교수. 저서로 『화쟁기호학, 이론과 실제』 『신라인의 마음으로 삼국유사를 읽는다』 등이 있다.

이문재 1982년 '시운동' 동인을 통해 작품활동을 시작했다. 시집으로 『내 젖은 구두 벗어 해에게 보여줄 때』 『산책시편』 『제국호텔』 등이 있다.

이민호 1994년 〈문화일보〉 신춘문예를 통해 작품활동을 시작했다. 시집으로는 『참빗 하나』와 『피의 고현학』, 비평서로는 『한국문학 첫 새벽에 민중은 죽음의 강을 건넜다』와 연구서 『홍포와 와전의 상상력』 『김종삼의 시적 상상력과 텍스트성』을 냈다.

이상국 1976년 『심상』으로 작품활동을 시작했다. 시집으로 『집은 아직 따뜻하다』 『어느 농사꾼의 별에서』 『뿔을 적시며』 등을 냈다.

이성혁 2003년 〈대한매일신문〉 신춘문예 평론 부문 당선. 저서로 『불꽃과 트임』, 『불화의 상상력과 기억의 시학』, 『서정시와 실재』, 『미래의 시를 향하여』 등이

있다.

이설야 2011년 『내일을 여는 작가』를 통해 작품활동을 시작했다.

이수호 시집 『나의 배후는 너다』 『사람이 사랑이다』와 산문집 『일어서는 교실』 『다시 학교를 생각한다』 등을 냈다.

이영광 1998년 『문예중앙』을 통해 작품활동을 시작했다. 시집으로 『직선 위에서 떨다』 『그늘과 사귀다』 『아픈 천국』 『나무는 간다』가 있다.

이원규 1984년 『월간문학』과 1989년 『실천문학』을 통해 작품활동을 시작했다. 시집으로 『강물도 목이 마르다』 『옛 애인의 집』 『돌아보면 그가 있다』 『빨치산 편지』 등이 산문집으로 『멀리 나는 새는 집이 따로 없다』 『지리산 편지』 등이 있다.

이은봉 1984년 창작과비평사 신작시집 『마침내 시인이여』를 통해 작품활동을 시작했다. 시집으로 『내 몸에는 달이 살고 있다』 『길은 당나귀를 타고』 『책바위』 『걸레옷을 입은 구름』 등이 있다.

이응인 1987년 무크지 『전망』을 통해 작품활동을 시작했다. 시집으로 『그냥 휘파람새』 외 여러 권이 있다.

이종수 1998년 〈조선일보〉 신춘문예를 통해 작품활동을 시작했다. 시집으로 『자작나무 눈처럼』 『달함지』가 있다.

이한주 1992년에 '윤상원문학상'을 1993년에 '임수경통일문학상'을 수상했다. 시집으로 『평화시장』 『비로소 웃다』가 있다.

임동확 『매장시편』을 펴내면서 작품 활동을 시작한 이후 『살아 있는 날들의 비망록』 『운주사 가는 길』 『처음 사랑을 느꼈다』 『태초에 사랑이 있었다』 등의 시집을 냈다. 그밖에 시화집 『내 애인은 왼손잡이』, 산문집 『들키고 싶은 비밀』, 시론집 『사람이 꽃보다 아름다운 이유-생성의 시학』 등이 있다.

임성용 제11회 전태일문학상을 받았다. 시집으로 『하늘공장』이 있다.

정세훈 1989년 『노동해방문학』에 작품을 발표하며 활동을 시작했다. 시집 『맑은 하늘을 보면』, 『저별을 버리지 말아야지』, 『그 옛날 별들이 생각났다』, 『나는 죽어 저 하늘에 뿌려지지 말아라』, 『부평 4공단 여공』 등과 산문집 『소나기를 머금은 풀꽃향기』, 장편동화집 『세상 밖으로 나온 꼬마송사리 큰눈이』 등이 있다.

정우영 1989년 『민중시』를 통해 작품활동을 시작했다. 시집으로 『집이 떠났다』, 『살구꽃 그림자』 등이 있고 시평에세이 『시는 벅차다』를 펴냈다.

정원도 1985년 『시인』을 통해 작품활동을 시작했다. 시집으로 『그리운 흙』, 『귀뚜라미 생포 작전』이 있다.

정희성 1970년 〈동아일보〉 신춘문예를 통해 작품활동을 시작했다. 시집 『답청(踏靑)』, 『저문 강에 삽을 씻고』, 『한 그리움이 다른 그리움에게』, 『시를 찾아서』, 『돌아다보면 문득』이 있다.

조경선 산문집 『서울여자 시골선생님 되다』를 냈다. 고흥작가회 합동시집 『거미의 비행』, 『비워둔 곳에 꽃이 피네』 등에 시를 발표했다.

조성국 1990년 『창작과 비평』을 통해 작품활동을 시작했다. 시집으로 『슬그머니』, 『둥근 진동』 등이 있다

조 정 2000년 〈한국일보〉 신춘문예를 통해 작품활동을 시작했다. 시집으로 『이발소 그림처럼』이 있다.

조혜영 2000년 제9회 전태일문학상을 수상했다. 시집으로 『검지에 핀 꽃』, 『봄에 덧나다』가 있다.

조호진 1989년 『노동해방문학』으로 작품활동을 시작했다. 시집으로 『우린 식구다』가 있다.

진은영 2000년 『문학과 사회』에 시를 발표하며 작품활동을 시작했다. 시집으로 『일곱 개의 단어로 된 사전』, 『우리는 매일매일』, 『훔쳐가는 노래』가 있다.

최두석 1980년 『심상』에 시를 발표하면서 작품활동을 시작했다. 시집으로 『대꽃』, 『임진강』, 『꽃에게 길을 묻는다』, 『투구꽃』 등이 있고 평론집으로 『시와 리얼리즘』, 『리얼리즘의 시정신』 등이 있다.

최성수 1987년 무크지 『민중시』 3집으로 작품활동을 시작했다. 시집으로 『장다리꽃 같은 우리 아이들』, 『꽃, 꽃잎』 등이 있고 청소년 소설로 『무지개 너머 1,230마일』 등이 있다.

표성배 1995년 제6회 '마창노련문학상'을 받았다. 시집으로 『개나리 꽃눈』, 『공장은 안녕하다』, 『기찬 날』, 『기계라도 따뜻하게』 등이 있다

하종오 1975년 『현대문학』 추천을 통해 작품활동을 시작했다. 시집으로 『벼는 벼끼리 피는 피끼리』, 『국경 없는 공장』, 『아시아계 한국인들』, 『남북주민보고서』, 『세계의 시간』 등이 있다.

한도숙 전 전국농민회 의장. 현 농정신문 대표.

함민복 1988년 『세계의 문학』을 통해 작품활동을 시작. 시집으로 『우울氏의 一日』, 『자본주의의 약속』, 『모든 경계에는 꽃이 핀다』, 『말랑말랑한 힘』과 산문집 『눈물은 왜 짠가』, 『길들은 다 일가친척이다』 등이 있다.

함순례 1993년 『시와 사회』를 통해 작품활동을 시작했다. 시집으로 『뜨거운 발』을 냈다.

홍일선 1980년 『창작과 비평』으로 작품활동을 시작. 시집으로 『농토의 역사』, 『한 알의 종자가 조국을 바꾸리』, 『흙의 경전』 등을 펴냈다.

황규관 1993년 전태일문학상을 받았다. 시집으로 『패배는 나의 힘』, 『태풍을 기다리는 시간』 등이 있다.